クライブ・カッスラー
＆ボイド・モリソン／著
伏見威蕃／訳

亡国の戦闘艦〈マローダー〉を撃破せよ！（下）

Marauder

JN118214

扶桑社ミステリー
1573

MARAUDER (Vol. 2)
by Clive Cussler and Boyd Morrison

Japanese translation published by arrangement with
Peter Lampack Agency, Inc.
350 Fifth Avenue, Suite 5300, New York, NY 10118 USA
through Tuttle-Mori Agency, Inc., Tokyo

亡国の戦闘艦〈マローダー〉を撃破せよ！（下）

登場人物

ファン・カブリーヨ	〈コーポレーション〉会長。オレゴン号船長
マックス・ハンリー	〈コーポレーション〉社長。オレゴン号機関長
リンダ・ロス	〈コーポレーション〉副社長。オレゴン号作戦部長
エディー・セン	オレゴン号陸上作戦部長
エリック・ストーン	同航海長兼操舵手
フランクリン・リンカーン	同特殊部隊チーム指揮官
ハリ・カシム	同通信長
マーク・マーフィー	同砲雷長
ジュリア・ハックスリー	同医務長
ゴメス・アダムズ	同パイロット
マクド・ローレス レイヴン・マロイ	同乗組員
アンガス・ポーク	元オーストラリア国防省上級アナリスト
エイプリル・チン	アンガスの妻。元オーストラリア海軍情報将校
リュ・イアン	死んだ大富豪。エイプリルの元継父
シルヴィア・チャァン	物理学者。マーフィーの異父妹
ボブ・パーソンズ	ホヴァークラフトの操縦士
ラングストン・オーヴァーホルト	CIA幹部

35

ティモール海

リンダが〈ゲイター〉を〈シェパートン〉に向けて進めていたとき、カブリーヨは腕時計を見た。午前零時をまわったところだった。

「メリークリスマス、諸君」

エディー、リンク、マクド、レイヴンがそのお祝いの言葉をくりかえした。すこしうわの空だったが、本気でそう答えた。カブリーヨが乗組員のために思い描いていたようなクリスマスにはならなかった。こんなふうに海のまんなかでほかの船にそっと忍び込むのではなく、仕事を離れて家族と過ごすべきなのだ。とはいえ、彼らはプロだった。大きなものが賭《か》けられているのを知っていた。

現時点では、カブリーヨたちにできる最善の方策は、積荷の〝エネルウム〟を奪うことだった。そうすれば、どこかのひとびとがこれまでのような惨事に見舞われるのを防ぐことができる。レイヴンはどうしても参加したいといい張り、戦闘に復帰する用意ができていることを示す強いまなざしでカブリーヨを納得させた。ドク・ハックスリーにこっそり確認してから、カブリーヨは折れた。

半潜水艇の〈ゲイター〉は、速力の遅い貨物船に合わせて航行し、横付けした。〈ダハール〉のときとおなじように、全員がダートを撃ち出す麻酔銃を持っていた。訊問《じんもん》できるように、乗組員を無傷で捕らえる必要がある。ポークとチンを追跡する手がかりにくわえて、マーフィーを含む麻痺《まひ》ガスの犠牲者に必要な解毒剤の情報を手に入れられるかもしれないと、カブリーヨは期待していた。

カブリーヨは〈ゲイター〉のハッチをあけて、平坦《へいたん》な甲板《かんぱん》に出た。姿を見られることは心配していなかった。上の手摺《てすり》からだれかがまっすぐに下を見たとしても、この闇《やみ》のなかでは見つからないだろう。

リンクが、動いている船を急襲するためにマックスが創った特殊な道具を、カブリーヨに渡した。カーボンファイバー製の伸縮する梯子《はしご》で、きわめて軽量だが、途方もなく頑丈だった。てっぺんが貨物船の甲板とおなじ高さになるまで梯子をのばすと、カブリーヨは最上段の強力な電磁石を作動させた。梯子が鋼鉄の船体に密着し、しっかりと固定された。

　カブリーヨは昇りはじめた。手摺まで行くと、その上から覗《のぞ》き、だれもいないことをたしかめた。体を引きあげて甲板にあがり、近くのデリックの蔭《かげ》に走っていった。

　あとの四人が合流するのを待つあいだに、カブリーヨはオレゴン号と大きさや装備の配置がよく似ている在来貨物船〈シェパートン〉の甲板に視線を走らせた。ちがうのは、〈シェパートン〉のデリックが中央線の左右ではなく両舷《げん》の近くにあることだった。こういう在来貨物船は、コンテナ船とは異なり、風雨や海水から守るために船《せん》艙《そう》に貨物を収納する。停船させたあと、船艙内を捜索して、ガスを探すつもりだった。

　全員が集合すると、カブリーヨはリンクとエディーに機関室を確保するよう命じた。あとの三人は、乗組員室へ行く。

　マクドとレイヴンの手を借りて、船室で眠っている乗組員にダートを撃ち込むのには、たいして時間はかからなかった。カブリーヨも含めた三人が船橋《ブリッジ》へ行くと、夜間当直の乗組員ふたりがいた。ふたりともダートで意識を失わせ、縛りあげた。機関室の乗組員をおとなしくさせたとエディーとリンクが連絡してきたので、近くの船艙へ行って調べるようカブリーヨは命じた。そして、マクドとレイヴンを従えて、船長室へ行った。

侵入者がいることをベッドに寝ていた船長に気づかれる前に、ダートを撃ち込み、カブリーヨは明かりをつけた。船長は四十代の白人で、薬物が血管を流れるあいだ、ベッドで手足をじたばたさせた。

マクドとレイヴンがうしろに立ち、カブリーヨは船長のデスクの椅子《いす》に腰かけた。

「おまえの名前は？」カブリーヨはきいた。

「レイモンド・ウィルバンクス」船長が、オーストラリア英語で答えた。呂律《ろれつ》がまわらなくなっているのは、自白剤がすでに効果を発揮しているからだ。

「おまえの船艙の貨物の中身を知っているか？」

「なんのことかわからない」

「ポークとチンの計画に加担しているのか、それともただの運び屋なのか？」

「だれだって？」

「ポークは偽名を使っていたと、パーソンズがいっていたわ」レイヴンが横からいった。

「おまえを雇った連中だ」カブリーヨはいった。「本名を使っていなかったんだろう」

「なんのことかわからない」ウィルバンクスがいった。

「わかりやすくいおう。ヌランベイでどういう貨物を積んだ？」

「なんのことかわからない」

「こんな馬鹿な船長は見たことがない」マクドがいった。「それとも、薬が効きすぎて馬鹿になったのかな？」

カブリーヨは首をふった。「どうもようすがおかしい。ウィルバンクス、二日前にヌランベイにいたか？　イエスかノーで答えろ」

「ノー」ウィルバンクスがいった。

マクドが、眉をひそめた。「つじつまが合わない」

「嘘《うそ》をついているんじゃないの？」レイヴンがいった。

「ありえない」カブリーヨはいった。「薬が効いている」

「それじゃ、どうしておかしな答をいうんだろう？」マクドがいった。

「わたしがまちがった前提で質問しているから、わけがわからないのかもしれない」

カブリーヨは、ウィルバンクスに向かっていった。「現在、この船の船艙にはなにがある？」

「なにもない。空だ」

「どこの港を出発した？」

「オーストラリアのブリズベン」

「なんのためにジャカルタへ行く?」

「オーストラリアに運ぶ木材を積むためだ」

「オンラインの船荷目録と一致している」レイヴンがいった。

エディーが、通信システムで連絡してきた。

「会長、リンクと私は第五船艙にいます。独身男の冷蔵庫みたいになにもないですよ」

「念のため、ほかの船艙も調べてくれ」カブリーヨはいった。「しかし、おなじだと思う」

「了解」

「どうなってるんだ?」マクドがきいた。「ヌランベイの港長は、〈シェパートン〉が入港してたことを確認した」

「それに、この船に接近したとき、ヌランベイで見た船によく似ていると、パーソンズがいった」レイヴンがいった。「途中で貨物をおろしたのかしら?」

カブリーヨは首をふった。「海上で船からべつの船に貨物を移すのは、かなりやりづらい作業だし、時間がかかる。そのために途中で停船したら、ここまで来られたはずがない」

「だいいち、それならウィルバンクスがそう白状するはずだ」マクドがいった。「あんたは海上で貨物をよその船に移すようなことはしてないだろう、船長?」

「やってない」ウィルバンクスがいった。

レイヴンが溜息《ためいき》をついた。「だったら、ほかに考えられることはひとつしかない」

「ヌランベイにいた貨物船は〈シェパートン〉ではなかった」いいながら、カブリーヨは立ちあがり、腹立ちまぎれにデスクを手で叩《たた》いた。「われわれは囮《おとり》をつかまされた」

36

サンゴ海

ヌランベイを出てから五時間後に、ゲイブリエル・ラスマン船長は、〈シェパートン〉という船名を塗りつぶし、ほんとうの船名〈ケンタウルス〉に描き直させた。秘密を守るようエイプリル・チンにくどくどと念を押されたし、貨物を運ぶのに百万ドルの報酬をもらうことになっている。

貨物がなんであるのか知らなかったし、知りたいとも思わなかった。大晦日《おおみそか》に間に合うようにシドニーに届ければいいだけだ。遅れたら報酬はもらえない。現在、〈ケンタウルス〉は嵐《あらし》と大波をついて航行していて、予定に遅れるおそれがあった。だが、ラスマンは、どんな大波を突っ切ってでも期限を守るつもりだった。

リュ・イァンがこの仕事にラスマンを雇ったのは、一年以上前で、命令に忠実に従う中国船員まで用意された。とはいえ、その連中は武器を携帯していて、乗組員としての作業よりも警備を重視しているようだった。

ラスマンは気にしていなかった。これは一度限りの仕事だ。それに、リュが死後に見せるために残した録画は、ラスマンにエイプリルとの共通点があることを示していた。ラスマンは船員として働くことを禁じられていたのだ。

ラスマンは有資格船員《オフィサー》だったが、残忍な監督だという悪評があった。乗組員が体を壊すまでこき使うのだ。命じられた仕事をやり遂《と》げられなかった乗組員は、懲罰《ちょうばつ》のために冷凍庫に閉じ込められる。それを当局に密告され、ラスマンは資格を剝奪《はくだつ》された。

その後、船長をつとめることはできなくなったが、リュに声をかけられた。どうやらリュはラスマンの悪評が気に入ったようだった。まさに探していた資質だと、リュはいっていた。

そしていま、クリスマスの朝にグレート・バリア・リーフに沿って航行しながら、ラスマンは船長席でゆったりとくつろいでいた。もっとも、船長としての日々は、この航海で終わるとわかっていた。雨が旋回窓に叩きつけ、ブリッジが上下に揺れていたが、船の大きさにかかわらず船長はかけがえのない地位だ。この航海の報酬をもらったら、チャーター船を買い、ビジネスマンやモデルの愛人たちのために、ゴールド・コーストで釣り船を経営してもいい。

　そのとき、ブリッジにいた航海士がなにかをいい、ビキニの美女を空想していたラスマンは、我に返った。

「船長、二番デリックに問題が起きました」

　ラスマンはうめいた。「どんな問題だ?」

「ブームがちゃんと固定されていないようです」ブリッジから九〇メートル離れているデリックを、航海士が指差した。波がのしあがるたびに、斜めに突き出したデリックブームが、隣のデリックブームにぶつかっているのが見えた。きちんと固定しないと、暴風雨によってブームがもぎ取れ、船体と貨物に甚大《じんだい》な被害が生じて、到着が遅れるおそれがある。

「固定するのに避難できる安全な港が、一五海里西にあります」航海士がいった。

　ラスマンは、船長席から跳び出した。「針路は変えない。ただちに乗組員ひとりをあそこに行かせて、運転台からブームを操作して固定させろ」

「アイ、船長」

　航海士が連絡し、一分後に甲板員ひとりが甲板に出て、手摺にしがみつき、すさまじい風雨のなかを進んでいった。馬鹿な甲板員が救命胴衣をつけていないことに、ラスマンは気づいたが、ぐずぐずしてはいられないので、呼び戻さなかった。波が来るたびにブームが隣のブームに激しくぶつかった。ケーブルが切れたら、デリックポストそのものが倒れるおそれがある。

甲板員がようやくデリックポストに達し、内部の梯子を昇っていった。運転台に着いたかどうかは見えなかったが、ブームがまわって横のデリックブームとともに固定された。

デリックが固定されたことで、まちがいなく報酬をもらえる見通しが立ったので、ラスマンは安堵《あんど》の溜息をついた。

甲板員がデリックポストから出て、手摺を伝い、船尾寄りにある上部構造の安全な船内に戻りかけた。

ラスマンは、船長席に戻った。海に目を戻したとき、六階建てのビルの高さに匹敵する水の壁が真正面から突進してくるのを見て、息を呑《の》んだ。

ラスマンは船内放送のスイッチを入れた。「暴れ波《ローグ・ウエーヴ》が近づいてくる。全部署、すべての物を固定しろ」

暴れ波という現象について、話は聞いていたが、みずから経験したことはなかった。いまのような暴風雨のさなかに、ふつうの高さの波が一定のタイミングで交差すると、ひとつの超巨大波が発生する。多くの船乗りは俗説だろうと考えていたが、北海油田《ほっかい》の記録で確実に立証された。

いま、それが〈ケンタウルス〉に襲いかかろうとしていた。衝撃に備えて、ラスマンは全身に力をこめた。〈ケンタウルス〉の船首が大きく上向いて、波の斜面に持ちあげられた。波の頂上に達する前に、波頭《なみがしら》が船の上で砕け、巨大な奔流《ほんりゅう》が甲板を流れていった。

必死で船内に戻ろうとしていた甲板員の姿が、つかのま見えなくなった。水が引くと、手摺からぶらさがっている甲板員の黄色いレインジャケットが見えた。脚が水面の上でぶらさがっている。よじ登って甲板に戻れそうに見えたが、手の力が抜けて、海に落ちていった。

「乗組員が海に落ちた」ブリッジの航海士がとっさに叫んだ。命令を求めてラスマンの顔を見た。だが、ラスマンはつぎに起きるはずのことを考えて、沈黙していた。

回頭して、海に落ちた乗組員を捜すには、何時間もかかる。この天候では、何日もかかるかもしれない。沿岸警備隊を呼べば、救難活動に協力し、事情聴取を受けて、答に詰まることになる。どちらの方法を選んでも、定刻にシドニーに到着することは不可能になる。

航海士は、ラスマンが考えていることを理解したようだった。「救命ブイを投げ落としたら、彼が見つけて通りがかりの船に助けられるかもしれません。それをやらなければ、まず発見されないでしょう。ここでなにが起きたか、だれにもわからない」

ブリッジにいたそのほかの乗組員は、期待するようにラスマンを見たが、仲間の乗組員のことを心配しているようすはなかった。時間割どおりに航海を終えないと、多額の報酬を得られないとわかっているからだ。

ラスマンはうなずいた。「針路を維持しろ。乗組員名簿を書き換えて、やつの名前を消す」それには、まず名前を知る必要があった。

ラスマンは、自分の決定は正しいと判断した。自分の過失ではないし、不注意な乗組員のせいでもらうべき報酬を失うのはまっぴらだった。ラスマンは海に落ちた乗組員のことを頭から追い払い、今後のことに考えを切り替えた。大晦日にシドニーに入港し、港のまんなかで有名な花火を見物しながら、新しい人生に祝杯をあげよう。

37

ティモール海

乗組員が回復して、無事にジャカルタへ航行をつづけられることが確実になるまで、オレゴン号は〈シェパートン〉の近くにとどまっていた。問題は、アロイ・ボーキサイトの貨物船の現在位置がわからないことだった。ヴェセルトラッカーやそのほかの海上交通データベースには、問題の日にヌランベイを出航した貨物船の記録はなかった。船名を変えていたのは明らかで、追跡は十中八九、不可能だった。

いまは手がかりが皆無なので、祝うべきことはないように思えたが、カブリーヨはシェフに指示して、全員にお昼の七面鳥ディナーをふるまった。とにかく二、三時間、おいしい料理とワインとプレゼント交換で気を紛らすことができる。エリックがマーフィーにプレゼントしたスケートボードは、ことに全員がとてもいいと思った。マーフィーが二度と使うことができないかもしれないという暗い見通しを無視して、だれもが大きな期待を抱くという効果があったからだ。

ディナーの終わり近くに、乗組員がまだお祭りを楽しんでいたとき、カブリーヨは独りで船室に戻った。クラシックな雰囲気を出すために、前のオレゴン号の船室とおなじしつらえにして、映画『カサブランカ』の〈リックのカフェ・アメリカン〉に似せていた。小規模な会議ができるように、控えの間に本物の一九四〇年代のダイニングテーブル、ソファ、椅子を置いてある。寝室にはチーク材のロールアップデスクと大きな骨董品《こっとうひん》の金庫があり、現金、金《きん》の延べ棒、どこで購入したか追跡できないカットしたダイヤモンドなどの貴重品に加え、カブリーヨの携帯用武器が保管されている。いっぽうの壁に飾られているピカソの原画は、旧オレゴン号が沈んだときに救い出した美術品のうちのひとつだった。べつの壁の大きなスクリーンには、十九世紀の大洋航路船の丸い舷窓が映し出されている。

カブリーヨは、エイプリル・チンとアンガス・ポークのファイルを吟味《ぎんみ》して、彼らを見つける手がかりを拾い出すために、控えの間で椅子に座った。一年ほど前に出所した前科者のふたりに、こんな大規模な作戦を行なう資金を調達できるはずがない。大金持ちの支援を受けているにちがいない。いずれも軍隊にいたことがあるので、攻撃を実行する技倆《ぎりよう》はあるはずだが、理由はなにか？　最終的なターゲットはなにか？何者がこのすべての背後にいるのか？

ドアにノックがあり、カブリーヨはいった。「はいってくれ」

オレゴン号の高齢の司厨長《しちゆう》モーリスが、コーヒーポット、カップ、ホイップクリームをかけたパンプキンパイひと切れを載せた銀のトレイを持って、するりとはいってきた。

「デザートが出る前にお席を離れられましたので、艦長」モーリスが、皿を置きながらいった。いつもどおり純白の制服を着て、腕にナプキンをかけている。イギリス海軍に何十年も勤務していたころの堅苦しいいでたちを、そのままつづけているのだ。それに、モーリスは海軍のしきたりどおり、カブリーヨを会長ではなく艦長と呼んでいる。

「ありがとう、モーリス。お客さんたちはどうしている？」

「チャァンさまとパーソンズさまができるだけ快適に過ごせるよう、精いっぱいやっております。お若いミスター・ストーンは、ミスター・マーフィーの妹御に惚《ほ》れたようでございますね」

モーリスは上品な態度を崩さないが、船内の噂話《うわさ》をすべて耳に入れている。オレゴン号の船内でなにかが起きれば、すぐさまモーリスに知られてしまう。

「それでエリックとマーフィーが仲たがいしなければいいんだが」カブリーヨはいった。「そんなことでふたりの友情が壊れるのは見たくない」

「すこしじゃれあっているだけで、なにも起きていないと断言いたしますよ。おふたりとも、ミスター・マーフィーの不幸な病状のほうを心配しておりますから。いまのところは」

「わたしも心配なんだ」

「それでも、こういう困難なときに妹御がミスター・マーフィーのそばにいてよかったと、わたくしは思います。こういうことを切り抜けるときには、家族がいっしょのほうがずっと慰められます。もっとも、わたくしたち全員が家族だと思いたく存じます。では、失礼いたします」

モーリスが、はいってきたときとおなじようにさっと出ていった。モーリスが最後にいったことが、カブリーヨの頭に残っていた。

いったいだれが、厳重に武装した船と毒ガスを製造する大規模な工場を、エイプリル・チンとその夫のような恥ずべき重罪犯人に任せるだろうか？　彼らを信頼するのは、家族だけだろう。

チンのファイルをもう一度調べると、補足説明に埋もれていたのが見つかった。エイプリル・チンには、数年間、リュ・イァンという名前のビリオネアの継父がいた。インターネットで検索すると、リュは一年半も前に死んでいた。遺産の受取人については、情報が見つからなかったが、エイプリル・チンが莫大《ばくだい》な遺産の相続人にちがいない。

カブリーヨは、エリックに電話した。「ストーニー、クリスマスだというのはわかっているが、調べてもらいたい疑問がある」

「じつは、会長、もう仕事をはじめてます」理由をきく必要はなかった。マーフィーのための解毒剤について、日限があることを、カブリーヨはジュリアから聞いていた。

「チンの継父のリュ・イァンという人物が、彼らの資金源だと思われる。リュがアロイ・ボーキサイトとつながりがあるかどうか、シルヴィアとパーソンズが見たのとおなじ型の三胴船《トリマラン》を購入したかどうか、調べてくれ」

「調べます」といって、エリックが電話を切った。

九十分後、エリック、シルヴィア、マーフィーが、カブリーヨの船室に来て、はいっていいかどうかをきいた。三人ともまだディナーのときにかぶっていたサンタの帽子をかぶったままだった。

「なにか見つけたんだな」カブリーヨはいった。

「リュのこと、会長の推理どおりです」マーフィーが、サミュエル・L・ジャクソンの声色《こわいろ》でいった。「そいつはこれに首まで埋まってます。死んでるから、文字どおりそうですね」

「アロイ・ボーキサイトは、オーストラリアのダミー会社をいくつも使って設立されてました」シルヴィアがいった。「オーストラリア軍が資金を出してるように見せかけるためです」

「でも、ホヴァークラフトについては、足跡を完全に消すのを忘れてたようです」エリックがいった。「アロイ・ボーキサイトがどこから〈マーシュ・フライヤー〉を買ったか、当ててみてください」

「リュ・イァンのいくつもある会社の子会社だろうな」カブリーヨはいった。「はずれていたらがっかりだ」

「当たりです。それだけじゃなくて、ホヴァークラフトを仕入れたその会社は、世界中の海軍にトリマランを供給してます。中国とオーストラリアも含めて」

「では、何者を相手にしているか、わかったわけだ」

「でも、お楽しみはこれからですよ」マーフィーがいった。

「工場で見つけたコンピューター・ファイルを、わたしたちはずっと調べてました」シルヴィアがいった。「ものすごく興味深いことが出てきたんです。オーストラリア西部での考古学調査に関することで」

「どうやら、それが解毒剤の源らしいんです」

「その発掘でなにが見つかったんだ？」カブリーヨはきいた。

「わかりません」シルヴィアがいった。「ファイルの大部分が壊れてたので。わかってるのは、そこはなにかの古代遺跡で、考古学者たちは発掘現場から帰るときに飛行機が墜落して全員が死んだっていうことだけです。生存者がいないので、なにを発見したのか報告されてません」

「では、チンとポークはどうしてそのことを知ったんだ？」

「おれたちもおなじ疑問を抱きましたよ」マーフィーがいった。

「考古学者たちは、発掘現場を離れる前に調査結果を伝えてたのかもしれない」シルヴィアはいった。

「あるいは、飛行機事故は偽装で、彼らは生還した」エリックがいった。「チンとポークが従業員をあんなふうに始末したのをわれわれは見てます」

「これまできみたちが話したのは、役に立ちそうにないことばかりだ」カブリーヨはいった。「ということは、もっといい報《しら》せがあるにちがいない」

シルヴィアとエリックが、マーフィーの顔を見て、その報せを伝えるのを任せた。マーフィーが頬《ほお》をゆるめた。ダーウィンに迎えにいったとき以来、カブリーヨがマーフィーのそういううれしそうな顔を見るのははじめてだった。

「おれたちが会長にプレゼントを持ってこないと思ってたんですか？」マーフィーはいった。「ファイルには発掘現場のＧＰＳ座標が含まれてたんです。オーストラリア北西沿岸に近いオード川沿いの遺跡です。あすの朝までに行けますよ」

38

クイーンズランド、ホーン島

　クリスマス当日の遅くに、〈マローダー〉はようやくトレス海峡諸島に到達した。ヨーク岬《みさき》のすぐ北にあるその諸島は、ポークのジェット機が着陸して給油できる広さの空港から三〇〇キロメートル以内にある唯一の錨地《びょうち》だった。大型モーターボートでトリマランに向かうあいだ、ポークは動揺していた。

　トリマランに乗り移り、エイプリルに出迎えられた。エイプリルもおなじように困惑していた。

「どうしてこんなことが起きたの?」ポークをハグしながら、エイプリルはきいた。

「なにもかも順調に進んでいたのに」

「わからない」ポークは答え、甲板でぶらぶらしている男たちを見まわした。「おまえのキャビンで話をしよう」

　ふたりはいくつか甲板を下ってキャビンにはいり、ドアをロックした。状況をコントロールできなくなっているというのが事実だったが、乗組員にそれを気取《けど》られたくなかった。

「パーソンズが攻撃を手配したとは考えられない？」エイプリルがポークにきいた。

「パーソンズは芝居ができるようなやつじゃないし、死ねとおれがいったとき、ほんとうに驚いてたのがわかった。ちがう。ほかのだれかだ」

「だれなの？」

「わからない。しかし、そいつらには武装スパイ船がある。デリックに機関砲を装備してたし、船体から小型艇が出てくるのを見た」

「スパイ船？」

「おれには、そんなふうに見えた」ポークはいった。「オーストラリア海軍には、ああいう船はない」

　エイプリルは首をふった。「だれがそんな船を持ってるのかわからない。外見はどんなふうだったの？」

「大型貨物船だ。全長一五〇メートル以上。デリック四基」

「船名は見た？」

「ヌランベイの港長に問い合わせた。ノレゴ号だそうだ」

エイプリルが、狭いキャビンを歩きまわった。「わけがわからない。軍がわたしたちを付け狙《ねら》ってるんなら、工場に大規模な急襲をかけたはずよ。少人数で忍び込んだりしないで」

「偵察任務だったにちがいない」

それを聞いて、エイプリルが歩くのをやめ、恐怖を浮かべてポークの顔を見た。

「そいつらは、なにか情報を持ち出したんじゃないの？」

ポークは肩をすくめた。「たぶんそれはないだろう。サーバーのファイルは上書きして消去した。だが、やつらが持ち出したかどうか、たしかめる時間がなかった」

「これが台無しになるかもしれない」

ポークはうなずいた。「もうすこしで終わるときにそういうやつらが来るとは予想してなかった。べつのチームが来るかもしれないので、急いで工場を爆破しなきゃならなかった」

「いったいだれにばれたの？」

「なんともいえない。リュの手先から秘密が漏れたのかもしれない」ポークはいった。

「リュがどこか途中でミスを犯して、それでこの連中がわたしたちを見つけたのかもしれない。それで、これからどうするの?」

「そいつらを見つける」

「どうやって?」

「やつらは、つぎにどこへ向かうだろう?」ポークは自問した。「当然ながら、われわれの貨物船を捜すだろう。だが、〈シェパートン〉だと思い込む。ほんとうの船名が〈ケンタウルス〉だとは知るはずがない。おれたちの貨物は安全だ」

「ええ、わたしもそう思う」エイプリルがいった。

「やつらがコンピューター・ファイルから見つけた可能性がある情報のなかで、いちばんおれたちに害がありそうなのは、〝エネルウム〟とその解毒剤に関するものだ」

「解毒剤があることをその連中が知ったら、製造のためにナッツオイルが必要になる」

「そのナッツを手に入れられる場所は、世界に二カ所しかない」ポークがいった。

「だから、攻撃チームに既存の供給源を破壊させよう。まずジャカルタへ行く」

「名案だわ」エイプリルがいった。「でも、リュがわたしたちを行かせた発掘現場はどうするの?」

「僻地《へきち》だから、だれにも発見できないだろうと、おれは思ってた」

「もうそういう前提で動くわけにはいかない。わたしは〈マローダー〉でそっちへ行く。ナッツの原産地よりもそっちのほうが近いから、スパイ船――ノレゴ号――は何人かを調べにいかせるか、船ごと行くかもしれない。そこへ行く途中で遭遇《そうぐう》するかもしれない。そうでなければ、待ち伏せしてそいつらを抹殺《まっさつ》する」

「用心してくれ」ポークはエイプリルを抱き締めた。「おれが見たガットリング機関砲は、ものすごい威力だった」

「そうかもしれない。でも、わたしたちにもちょっとした武器がある」

39

オーストラリア西部、オード川流域

カブリーヨは、広大なスキャンブリッジ湾でオレゴン号の錨《いかり》をおろした。西の高い砂岩の山々と、東の干潟《ひがた》とマングローブの群生に挟まれている。北はジョーゼフボーナパート湾を経てティモール海に通じている。南ではアドルファス島が川の中央を占領し、左右をオード川に挟まれている。雨季の豪雨によって、川幅は一五〇〇メートルを超えていた。

カブリーヨが東側の流れを遡《さかのぼ》る複合艇《RHIB》を操縦し、エリックがGPSを使って、工場のコンピューターから入手した座標に誘導していた。この探検では危ない目に遭うおそれはないとカブリーヨは考えていたので、マーフィーが参加できるようにオレゴン号と接続しているカメラを持って、シルヴィアがいっしょに来ていた。ボブ・パーソンズにも同行を頼んだのは、オーストラリア奥地の植物相と動物相に詳しく、地理にも通じているからだった。ジュリア・ハックスリーもチームに加わっていた。解毒剤に関する手がかりが見つかったときには、処方に取り組むジュリアがその場にいたほうがいい。

まだ早朝だったが、夏の暑さと湿気は耐えがたいほどだった。川を航走するRHIBが受ける風ですこしはしのぐことができたが、カブリーヨのシャツはすでに汗が染《し》み通っていた。

マーフィーに景色がよく見えるように、シルヴィアが舷縁《ガンネル》の上に身を乗り出すと、パーソンズに肩を叩かれた。

「おれだったら、そういうことはやらない」パーソンズがいった。

「動画を撮ること？」

「川の上に身を乗り出すことさ。おいしそうな餌《えさ》になるぞ」

パーソンズは、川を指差した。流木のように見えたものが、巨大なワニの群れだとわかった。

シルヴィアは、舷縁から身を引き、カメラを落としそうになった。エリックが手をのばして支えたが、そのかばう仕草にカブリーヨが目を留めたのを気にして、両手をひっこめた。

シルヴィアがすばやく「ありがとう」とエリックにいってから、周囲に目を凝《こ》らした。川にはワニがうようよいた。

「どこにでもいるのね」シルヴィアは息を切らしていった。「怖いわ。マーク、これが見える？」

「今度ばかりは、いっしょに行けないのがうれしいね」マーフィーが、全員が聞いている通信システムでいった。

「イリエワニは、熱帯の川やオーストラリアの沼地では珍しくない」パーソンズがいった。「嫌な生き物だよ。成長すると、体長六メートル、体重一〇〇〇キロになる」

「それに、地球上の生き物のなかで、もっとも嚙《か》む力が強い」マーフィーが口を挟んだ。エリックがマーフィーの指をジョイスティックにつないで、コンピューターのキーボードを打って同時に会話ができるようにした。衛星携帯電話とおなじような予測変換もできる。マーフィーはビデオゲーム名人の腕前を発揮して、指一本で電光のようなすばやさでタイプできるようになった。

「このサイトによれば、嚙む力はベンガルトラの三倍だ」マーフィーがつづけた。

「ホホジロザメの嚙む力とおなじかもしれないけど、どういうわけか研究室で計測されたことがない」

「そのテストをやるところを見たい」

「奇妙なことに、顎《あご》の力がそんなに強いのは、嚙むときだけなんだ」パーソンズがいった。「ダクトテープで口をあかないようにできる。そうやって運ばれるのを見たことがある」

「ワニの嚙む力を試すのはやめましょうね」ジュリアがいった。「あなたたちの嚙み切られた部位をどうやってつなぎ合わせるのか、考えたくもない」

「ワニがじゃれたがった場合に備えて、M4カービンを二挺《ちょう》持ってきた」カブリーヨはいった。サイとおなじような皮をライフル弾が貫けるかどうか、疑問に思っていることはいわなかった。

ＲＨＩＢは、ワニの群れとどうにか安全な距離を保ちながら、孤絶した川をジグザグに遡った。その間ずっと、全員で川を見張っていた。カブリーヨはＲＨＩＢを岸に乗りあげ、全員がおりるまでM4を構えて番をした。

エリックが先に立って岸の斜面を登り、緑の草木のなかを通った。花のいい香りと、植物の腐ったにおいが入り混じっている湿った大気のなかで、あらゆる種類の鳥がさまざまな特徴のあるリズムでさえずり、甲高《かんだか》く鳴いていた。

川からかなり離れて、高く登るにつれて、低木がまばらになり、絵のように美しい砂岩の石組みが小径《こみち》の左右に現われた。オード川から二〇〇メートル進んだところで、ようやくエリックが立ちどまった。

「ここのはずだ」エリックはいった。

カブリーヨは周囲を見たが、ここで考古学の発掘が行なわれたことを示すはっきりした形跡は、なにも見当たらなかった。遺跡や発掘された陶器や工具はなく、建築物らしきものもない。眼下に広大な川が見えているだけだった。

「散開して探そう」カブリーヨはいった。すでに、はるばるやってきたが無駄足だったかもしれないと思いはじめていた。

何者かがここに来た形跡はないかと、一時間近くくまなく調べていると、やがてパーソンズが大声で呼んだ。

「見つけたと思う」

崖《がけ》崩れで斜面が埋もれている場所の露頭した大きな岩のそばに、全員が集まった。パーソンズは、積もった岩のまんなかの穴を指差した。猫一匹がやっと通れるような大きさだった。

「なかになにかあると思う」パーソンズはいった。「そう感じる」

カブリーヨは、穴の前に手をかざした。ひんやりした空気が穴から流れてくる。

「洞窟《どうくつ》だ」カブリーヨはいった。すこし下がり、斜面の上のほうを見た。砂岩が大きくえぐれ、焼け焦《こ》げている部分があった。

「人為的な崖崩れだ。この洞窟を隠すために、何者かが爆破したにちがいない」

「なかになにがあると思う?」シルヴィアがきいた。

「それを知るには、石をどかさなければならない」カブリーヨはいった。

五人は持ちあげられる大きさの岩をどかしたり、梃子《てこ》で動かしたりした。すさまじい湿気のなかでの作業は、骨が折れ、何度も休憩して水分を補給しなければならなかった。二時間後にようやく、通れる広さに穴がひろがった。

あらたな崖崩れで閉じ込められた場合のためにオレゴン号に位置を知らせてから、カブリーヨがまず洞窟にはいっていった。穴からもぞもぞ這《は》い込んで、なかにはいると立ちあがった。フラッシュライトの光が奥の壁まで届かなかったので、洞窟はかなり広いにちがいない。

カブリーヨは、全員がはいるまで待った。それから先頭に立ち、円天井《まるてんじょう》の広い洞窟を進んでいった。

はっと息を呑むのが聞こえて、カブリーヨがふりむくと、シルヴィアが怯《おび》えた顔で、並んで横たわっている骸骨《がいこつ》七体を見おろして立っていた。動物に襲われたような感じに服がちぎれ、血が染みていた。

「飛行機事故で死んだ考古学者の人数は？」カブリーヨはきいた。

「七人」エリックが答えた。「男が五人、女がふたり」

カブリーヨは腰をかがめて、骸骨を調べた。

「体の大きさ、服、ジュエリーから判断すると」カブリーヨはいった。「男五人、女ふたりのようだ」

「動物に食べられたの？」マーフィーのために撮影しながら、シルヴィアがきいた。

ジュリアがうなずいた。「死んだあとで、洞窟にはいり込んだディンゴなどの腐肉を漁《あさ》る動物に、肉をすっかり食べられたんでしょうね」折れた肋骨《ろっこつ》を指差した。「このひとたちは、銃で撃たれているわ」

カブリーヨは、犠牲者の服のあいだから、ライフル弾の空薬莢《からやっきょう》を拾いあげた。

「撃ち殺されたといったほうがいいだろうな」カブリーヨはいった。

「こんなことに関わるようなやつらに雇われていたかと思うと、むかつくよ」悲惨《ひさん》な現場から顔をそむけて、パーソンズがいった。

「これが毒ガスとどう関係があるの？」ジュリアがきいた。

「おそらくあの文字と関係があるんだろう」パーソンズが、洞窟の壁を指差した。

カブリーヨが岩の表面にフラッシュライトを向けると、なにかが深く刻まれていた。

アボリジニーのアートか原始的な絵だろうと思ったが、そうではなく、文字だった。

カブリーヨはさらに近づいた。文字であるだけではなく、ラテンアルファベットだった。何列もの文字が、岩にきちんと刻字されていた。

文字列がはじまっているところまでカブリーヨが指でなぞると、ほかの文字とはべつの一行が最初にあった。

AUC　DCCⅡ.

「マーフィー、これがわかるか?」シルヴィアに、文字にカメラの焦点を合わせるよう合図しながら、カブリーヨはきいた。

「いま翻訳を見てます」

「これがラテンアルファベットなら」エリックがいった。「後半は数ですよ」

「七百二?」ジュリアがきいた。「なにが七百二なの?」

「AUCの意味を見つけました」マーフィーがいった。「ab urbe condita――〝市の設立より〟という意味のラテン語です」

「なんの市だろう？」パーソンズがきいた。

「ローマ」マーフィーがいった。「ローマ人は年をそういい表わしてた」

「ローマ建国からの年数ということ？」ジュリアが、びっくりしていった。「これはローマ人が記したものなの？」

「ＡＵＣ７０２は、わたしたちの年ではどうなる、マーフィー？」

「ローマ建国は紀元前七五三年ということになってる。岩壁の年を信じるなら、西暦に変換すると紀元前五一年。ローマの円形競技場ができる前に、オーストラリアにローマ人の入植地があったことになります」

40

洞窟で発見された石刻文は、古代ローマのならわしに従って文字が切れ目なくつらなっていたので、翻訳には時間と手間がかかった。ふつうならコンピューターが数秒で英語に変換してくれるのだが、そういうソフトウェアは、単語の最初の文字と最後の文字を見分けるようにはプログラミングされていない。マーフィーは、エリックとシルヴィアの手を借りて、文字をマニュアルで入力し、単語に分割して、ひとつずつ翻訳した。

そのあいだにカブリーヨ、ジュリア、パーソンズが、ほかに情報か遺物がないかどうか、洞窟を徹底的に調べた。なにも見つからなかった。

「この石刻文が本物だと、どうしてこの考古学者たちは判断したのかしら？」持ってきたサンドイッチを食べながら、ジュリアが疑問を投げた。「だれかが仕掛けたいたずらかもしれない。前にもそういうことはあったでしょう」

「いたずらのために殺されることはないだろう」パーソンズがいった。

「ジュリアは、この石刻文だけでは考古学者が納得するはずがないといいたいんだろう」カブリーヨはいった。

「そうなの」ジュリアはいった。「この近くに本格的な遺跡があって、そこを発掘したことで、ローマ人がほんとうにオーストラリアに来たことが証明されたにちがいない」

「そして、いま見つけたことが、それを理解するのに役立つかもしれない」マーフィーがいった。「翻訳が終わった。いまシルヴィアに送ってる」

「わかった」

「で、ローマ人はどういうわけで、二千年以上も前に地球の反対側へ来たんだ？」カブリーヨはきいた。

「この文はフラウィウスというひとが刻んだの」シルヴィアがいった。「息子のための記録として。細かいことは省くけど、フラウィウスはパルティア人に捕らえられて、奴隷《どれい》にされた」

「そいつらは何者だ？」パーソンズがきいた。

オレゴン号のコンピューター・システムに接続されているタブレットを持っていた

エリックが答えた。

「パルティアは古代イランの王朝で、現在のイランに当たる区域を支配してた。ローマ軍は二万人を失い、一個軍団一万人を捕虜にされた。その時点ではローマにとって最大の敗北だった。敗軍の司令官は、マルクス・リキニウス・クラッススだった」

「クラッスス?」カブリーヨはいった。「どういうわけか、その名前を知っている」

「スパルタカスを打ち破った将軍ですよ」

「そして、捕虜を磔《はりつけ》にした」マーフィーがつけくわえた。

「いやはや」カブリーヨはいった。「すばらしい男だったようだ」

「それに、古代ローマ帝国でもっとも裕福な男だった」エリックがつづけた。「パルティア人に殺されたあと、貪欲の見せしめとして、熔《と》けた黄金を喉《のど》から流し込まれたんです」

「それで、われわれの友だちのフラウィウスは、そのローマ軍にいて、敗北した軍団もろとも捕虜になった」カブリーヨはいった。「中国北西部に連れてこられて、そこで入植したという話を聞いたような気がする」

「フラウィウスは、捕虜のうち半分だけが、カラクシという港に連れていかれたと書いてる」シルヴィアがいった。「あとの半分が中国へ行ったんでしょう」

「どうやってパルティアから逃げ出したか、書いてあるか？」

「ローマ人が強制されてパルティアのために建造していた船に乗って逃げたと書いてある。見知らぬ海を渡り、ようやくここからは遠い島に落ち着いた。そこは極楽のようだったけど、暴風雨が来た。それから、病気が蔓延《まんえん》した」

「どういう病気なの？」ジュリアがきいた。

「動けなくなるのよ」シルヴィアがいった。「無力《エネルウム》という表現が使われている」

「ポークとチンが、神経ガスをそう呼んでいた」カブリーヨはいった。

「数年前に島で見つかった漁師たちの話と、状況が一致する」ジュリアがいった。

「クラゲのことは書いてあるの？」

「その言葉ではないけど」シルヴィアがいった。「毒を持っている生き物が海岸に打ちあげられたと書いてある。生存者は一隻《せき》だけ残っていた船に乗って逃げ、最後にここに上陸したとフラウィウスは書いてる」

「これが解毒剤とどう関係があるんだ？」パーソンズがきいた。

「これには愛の物語もあるの」シルヴィアはいった。「フラウィウスの奥さんも体が麻痺した。そのとき、子供ができてたので、なんとか治そうとフラウィウスは思った。兵士たちだけが病気にかからなかったことに、その答があるはずだと、フラウィウスは確信した」

「頭のいいひとね」ジュリアがいった。「その時代のひとたちはたいがい、神々の意思だと考えて、それでおしまいにしていたのよ」

「兵士たちだけが、定期的な儀式として苦い液体を飲んでることに、フラウィウスは気づいた。それには、その島で発見された特定のナッツのオイルが含まれてたのよ」

「それが彼の妻の命を救ったんだね？」エリックがきいた。

「そうよ」シルヴィアはいった。「彼らはナッツを集めた。フラウィウスが飲み物をこしらえ、奥さんは子供を産むときには体が動くようになった。そこで物語は終わっている」

「そんな」ジュリアは息を呑んだ。「ナッツの名前はわからないの？」

「nux viridi lucus と書かれている。〝緑の目のナッツ〟という意味よ」

「エリック、そう呼ばれているナッツを見つけられる？」

「調べてるんだけど、なにも見つからない」

「いまはちがうふうに呼ばれているのよ」ジュリアはいった。「写真がないと、見つけるのは不可能だわ」

「どの島にいたのかもわからない」マーフィーがいった。「インド洋に何千もある島のどれであってもおかしくない。見通しは暗いね。この車椅子に慣れたほうがよさそうだ」

シルヴィアが身をこわばらせ、エリックが安心させようとして肩に手を置いた。

「あきらめるのは早い」カブリーヨはいった。「必要とあれば、いま存在するナッツをすべてためす。解毒剤はかならず見つかる」

ジュリアは、日限があるのを知っているので、自信がなさそうな顔をしたが、シルヴィアに対してはなにもいわなかった。重要な成分がわからないと、一週間以内に解毒薬を複製するのは無理だ。

「オレゴン号に戻ってみんなで知恵を絞ろう」カブリーヨはいった。

「その前に、この骸骨の歯の写真を撮っておきたい」ジュリアがいった。「警察のために遺体の身許を確認できれば、家族も気持ちの整理がつくでしょう」

ジュリアは骸骨のそばにしゃがみ、歯の治療跡の写真を撮るために、頭蓋骨《ずがいこつ》をひとつずつそっと持ちあげた。

四人目の頭蓋骨を持ちあげたとき、なにかが地面に落ちた。

「なにかしら？」

カブリーヨがしゃがんで、ガムのような形の青いプラスティックの物体に光を当てた。

USBメモリーだった。

「どうしてここにあるんだろう?」カブリーヨは不思議そうにいった。USBのケースは無傷で、まったく傷《いた》んでいなかった。

「殺されたときに、このひとが口に隠していたにちがいない」ジュリアはいった。

「きっと殺人犯たちに知られたくなかったデータが保存されているのよ」

41

エリックが、USBメモリーをタブレットに差し込んだ。

「ファイルがいっぱいある」エリックがいった。「壁の文を翻訳したものもある」

マーフィーが口を挟んだ。「それがあれば時間が節約できたのに」

「〝nux viridi lucus〟と〝緑の目のナッツ〟を検索して」ジュリアがいった。

「検索してる。含まれてる文がいくつかあるみたいだ」

「写真は?」

「見たところ、画像はない。テキストファイルだけだ。ここに発掘日誌がある。このUSBは、発掘のリーダーのヴィクター・オーマウンドという男のものみたいだ」

「チームが危険にさらされているのを知って、ファイルを隠そうとしたんだ」カブリーヨはいった。「それで助からなかったのは気の毒だが、わたしたちを助けてくれるかもしれない。ナッツについて、どんなことが書かれているんだ?」

「ナッツの原産地を調べるつもりだと書いてあるけど、結論がない」

「日誌のほうは？」ジュリアがきいた。

「蜜蠟《みつろう》で封をされたアンフォラ（持ち手がふたつある陶器の容器）を見つけたと書いてある。三個に蠟をひっかいて描いた〝ＮＶＬ〟という文字があった――nux viridi lucus のことでしょうね。ここの発掘本部に一個持ち帰ったみたいだけど、なかになにがあったかを書く前に日誌が終わってる」エリックがいった。

「この洞窟よりも発掘現場のほうに重要なものがありそうだな」パーソンズがいった。

「どこでそのアンフォラを見つけたんだろう？」カブリーヨは疑問を投げた。

「船に保管されていたんです。バイリームという古代ローマ時代の軍船（上下二段の櫂を漕ぐガレー船の一種で、衝角がある。バイは〝双〟、リームは〝櫂〟のこと）で、船名は〈サラシア〉、座礁《ざしょう》した。考古学者たちは、それを泥のなかから掘り出してた」エリックが答えた。

「信じられない」シルヴィアがいった。「ヨーロッパの開拓者よりも千八百年早く、ローマの船がオーストラリアに来てたなんて。考古学者にとっては一生に一度の大発見よ」

「リュ・イアンがこの発掘に関係があったことがわかると思う」カブリーヨはいった。

「もしかすると、リュが資金を出したのかもしれない。そして、調査隊のリーダーが発見したことを報告すると、リュが暗殺チームを派遣して隠蔽《いんぺい》したんだ」

「その船がどこにあるかが、大きな問題ね」ジュリアはいった。「船にまだ解毒剤がふたつ残っていれば、それを使って製造できるかもしれない」

「二千年も前のものでも？」シルヴィアがきいた。

「その陶器と蜜蠟で、どれくらい保存状態がよかったかによるわ。何千年も前のバターが、樽《たる》にはいった状態でアイルランドの泥炭地から掘り起こされ、それでも食べられたという話を聞いたことがある。運よく、そういうものが見つかるかもしれない。すくなくとも、どういう種類のナッツかを識別して、生のナッツを確保できるかもしれない」

「バイリームのことが、かなり書いてある」エリックがいった。「位置を示す地図がないか、探してるところだ」

「最近の船のことは知ってるが、昔の船はわからない」パーソンズがいった。「バイリームってなんだ？」

「古代ローマ時代の一本マストのガレー船で、左右に二段になった櫂《かい》がある。それで帆走《はんそう》を補う」カブリーヨは説明した。「軍船だけではなく、貨物船としても使われていた」

「あった」エリックが、勝ち誇ったようにいった。「彼らが見つけたのは、全長三〇メートル。船内の見取り図まである」

エリックはタブレットの向きを変えて、全員に見せた。バイリームの各部分の名称を記入した図解が描かれていた。武器庫もあれば、道具置場もある。

船の中央に〝陶器〟と記された区画があった。

「アンフォラはすべてここにあるにちがいない」カブリーヨはいった。「百個くらい収まりそうだ。われわれがこれから探す二個がどこにあるか、もっと詳しいことはわからないのか？」

エリックがタブレットの向きをもとに戻して、しばらくキーボードを叩いてから、首をふった。

「ナッツのラベルがあるのを見つけるまで、ぜんぶ調べるしかないでしょうね」

「船が難破した場所はわかるのか？」

「ＧＰＳ座標があります」エリックは、それをオレゴン号のマーフィーに送った。

「わかった」マーフィーが答えた。「そっちの現在位置から二〇〇メートル、川岸沿いだ」

チームが出発する前に、ジュリアが考古学者の遺体の歯を撮影し、シルヴィアも壁に刻まれた文字をすべて動画で撮影した。全員が洞窟を出て、マーフィーの案内で川へ向けて下っていった。

雨で増水した川の縁《ふち》に近づかないようにして、五人は岸を進んでいった。

「よし」マーフィーがいった。「そこでとまれ。見えるはずだ」

五人はあたりを見まわしたが、考古学の発掘が行なわれた形跡はなかった。

「一年のあいだに植物に覆われるようなことがありうる？」シルヴィアがそばの茂みを調べながらいった。

パーソンズが首をふった。「ここはジャングルじゃないから、一週間で蔓《つる》植物が遺跡を覆うようなことはない。掘ったのなら、そのまま残ってるはずだ」

「リュの配下が爆破してなければ」エリックがいった。

「爆破すれば漏斗孔《クレーター》が残る」カブリーヨはいった。「マーフィー、ここでまちがいないんだな？」

「ちょっと待って」マーフィーがいった。「この数字が正しければ、まだ四〇メートルくらい離れてる」

「わかった。どっちの方角へ進めばいい？」

「真北です。どうやら川岸のようだ」

「われわれはすでに川岸にいる」カブリーヨはいった。

「うわ、たいへんだ」

そのときカブリーヨは気づいた。そこはいつもの川岸ではない。雨季の豪雨によって、オード川はかなり川幅がひろがっているのだ。

「バイリームの残骸《ざんがい》は川のなかにあるのね?」ジュリアがきいた。

「それに、あと何週間か、そのままだ」パーソンズがいった。「まだ雨季だからな」

「それじゃ、〈サラシア〉まで潜《もぐ》っていって、アンフォラを回収しないといけない」

その瞬間、かなり大型の野生化した豚が、水を飲むために、対岸の水辺へゆっくりと這いおりた。ひと口飲んだとたんに、一匹のワニが川から躍りあがって、豚の首に嚙み付き、川にひきずりこんだ。豚は四肢をじたばたさせて逃れようとしたが、体長六メートルのワニは、犬がおもちゃをふりまわすように豚をふりまわした。すぐに豚がぐったりとして、ワニは獲物をくわえたまま、水中に姿を消した。

パーソンズは、川に潜るというカブリーヨの計画に首をふった。「あんた、なんていったのかな?」

42

上陸チームがオレゴン号に戻ったときには、陽があるうちに沈船ダイビングの準備をして実行するのは無理になっていた。そこで、翌日の夜明けに開始することにした。ムーンプールから作戦を開始する予定だった。

ムーンプールは、海水とグリースのにおいが漂っているだだっぴろい空間で、船体中央にある。オレゴン号には半潜水艇の〈ゲイター〉と本格的な潜水艇の〈ノーマド〉があり、いずれもムーンプールの天井の架台《かだい》に固定されていて、ガントリークレーンでおろせるようになっている。広いプールの水面は、外の海とおなじ高さなので、浸水のおそれはない。竜骨《キール》の大きな扉がスライドして左右にあき、潜水艇やダイバーが、姿を見られずに出入りできる。

今回は〈ノーマド〉がムーンプールにおろされ、〈ゲイター〉は上に固定されたままになっている。オード川にはワニがうようよいるので、ＲＨＩＢのような水上艇からダイビングを行なうと、ワニをバイキング・パーティに招待するのとおなじことになる。〈ノーマド〉を使えば、飢《う》えた捕食者に気づかれずに沈船を探検できるのではないかと、カブリーヨは考えていた。

〈ノーマド〉は深度三〇〇メートルまで潜航できるように設計されているが、この任務では浅い川の水面に浮かぶだけだ。重要な特徴はふたりがはいれるエアロックを備えていて、船底にハッチがあることだった。カブリーヨとリンクは、それを使って〈ノーマド〉から水中に出ていって、〈サラシア〉の船内を捜索し、アンフォラを回収して、水面で日向《ひなた》ぼっこをしているワニの注意を惹《ひ》かないように艇内に戻る。

理屈のうえでは、それが可能なはずだった。

リンクは、ダイビング器材を点検していた。チタンの鎖帷子《くさりかたびら》でできたスーツ二着も含まれている。サメが多い海で潜るときに使われる器材で、浮力調整器《BCD》やウェイトを使うまでもなく、その重さであっというまに潜降できる。フード、手袋、ブーツに至るまでそれで全身を覆い、〈ベルクロ〉のストラップで固定する。露出するのは顔だけだ。

「ワニのいるところで潜るのにこれを使うなんて、思ってもみなかった」鎖帷子スーツを荷造りしながら、リンクがいった。現場へ行ってから身につける予定だった。

「あまり頼らないほうがいい」カブリーヨは答えた。「これはワニの歯を通さないかもしれないが、スクーバ器材を噛みちぎられて、溺《おぼ》れるまで水中で押さえつけられるかもしれない」

「そのためにこれがあるんですよ」リンクが、スーツの脚にくくりつけた鞘《さや》のナイフを指差した。〈ワスプ〉注射ナイフと呼ばれるもので、八〇〇ｐｓｉ（重量ポンド毎平方インチ）に圧縮された二酸化炭素のカートリッジが、柄《え》に内蔵されている。ターゲットにナイフを突き刺し、鍔元《つばもと》のボタンを押すと、冷却されたガスが体内でバスケットボール大に膨張して、たいがいの動物は瞬時に死ぬ。

カブリーヨとリンクは、拡張現実眼鏡《オーグメンテッド・リアリティ・グラス》の上にぴたりと重ねられるフルフェイスのマスクを付ける。川の水は泥で濁《にご》っていて、視程は一五〇センチ以下なので、捜索はかなりやりづらい。エリックが〈ノーマド〉から有線で操縦する遠隔操作探査機《ROV》〈リトル・ギーク〉が発信するソナーが捉《とら》えた画像が、グラスに表示されることになっていた。

チームにはほかに、この任務で〈ノーマド〉を操縦するマックスと、近づこうとするワニをアサルト・カービンで追い払うために〈ノーマド〉の上に立って見張るマクドとレイヴンがいる。

〈ノーマド〉はいま、ムーンプールにぷかぷか浮かんでいる。エリックがハッチから跳びだしていった。「マックス、潜航前チェックリストは終えたから、いつでも発進できるよ」

カブリーヨとリンクは、器材を艇内のマクドとレイヴンに渡し、乗り込んでハッチを閉めた。マックスがバラストタンクに注水し、〈ノーマド〉が水面下に潜った。マックスが電動機の回転をあげ、〈ノーマド〉はオレゴン号からなめらかに離れて、川を遡りはじめた。

スキャンブリッジ湾の入口に〈マローダー〉が近づいたとき、エイプリル・チンはブリッジで座ってコーヒーを飲みながら、付近の地図を食い入るように見ていた。湾の南の突き当たりの東河口《イーストアーム》はオード川の河口に当たる。西河口《ウエストアーム》は船舶《せんぱく》が航行できる水路で、近くの鉱山の用をなしている港町ウィンダムに通じている。

鉱石運搬船〈タイ・ナヴィゲーター〉が湾にはいるのを、エイプリルは見守っていた。その船の目的地はウィンダムで、鉄かニッケルを積み込むにちがいない。〈タイ・ナヴィゲーター〉はノレゴ号にすこし似ていたが、ポークがいっていたようなデリックはない。それに、そんな大型船に追い抜かれて、先行されるはずはなかった。

ノレゴ号の襲撃者たちは、発掘現場に飛行機で行くはずだ。もしそうなら、実行する計画はいたって単純だ。オード川の河口で〈マローダー〉が投錨《とうびょう》し、攻撃チームを上流に行かせて、彼らを皆殺しにすればいい。

まだだれも来ていなかったら、ノレゴ号が到着するのを待ち、海から吹っ飛ばす。今後二、三日、そのどちらも起こらなかったら、発掘現場のことはばれていないと断定できる。

エイプリルは、スキャンブリッジ湾の航路を眺めたが、とりたてて変わったことはないようだった。それでも、定期的にこの航路を往来している船を利用することにした。

「〈タイ・ナヴィゲーター〉のあとにつづけ」エイプリルは、操舵《そうだ》員に命じた。

一時間ほどで湾の南端へ行けるはずだった。

シルヴィアは、カプリーヨが信頼してくれて、オレゴン号の奥の院である作戦司令《オプ・セン》室《ター》に案内してくれたことに感激した。オード川での〈ノーマド〉の任務を、そこで見守ることができる。シルヴィアはマーフィーのとなりに座っていた。マーフィーは音声合成装置を使わず、不満げにうなっていた。

やだ」

「どうしたの？」シルヴィアはきいた。

「おれが行くべきなんだ」マーフィーはいった。「〈リトル・ギーク〉はおれのおもちやだ」

「エリックは壊さないわよ。あなたもうじき現場に出られるし」

大型スクリーンには、〈ノーマド〉が送ってくる画像が写っていた。オード川に接近するまで、〈ノーマド〉は水上を航行している。黒い雲が聳《そび》えているのが、背後に見えた。

指揮官席に座っていたリンダが、ハリにきいた。「天気予報はどう？」

「ダイビングには影響ないはずだけど」

「北のほうを航行している船をレーダーで捉えてるの」

「識別は？」

「ＡＩＳ信号によれば、鉱石運搬船で船名は〈タイ・ナヴィゲーター〉。ウィンダムに向かってるにちがいない。距離は約一五海里」

ハリが、オレゴン号のカメラにスクリーンを切り替えた。接近する鉱石運搬船は、まだ水平線の点にすぎなかった。

シルヴィアが、マーフィーのほうに身を乗り出した。「ＡＩＳってなに？」

「自動船舶追跡装置だよ」マーフィーは答えた。「商船はすべて送受信機でその信号を発信してる。おれたちは任務に応じて信号を変更する。〈ナヴィゲーター〉には、いまはノレゴ号だと識別されてるはずだ」

「あたしたちは一般航路からかなり離れたところで投錨する」リンダがいった。「だから問題は起きないはずよ」

43

マックスは、川底に〈ノーマド〉を着底させないように用心しながら、考古学者の日誌に書いてあった座標の上を行き来し、海底面状況探査装置《サイドスキャン・ソナー》を使って、水中にあるはずの軍船の残骸を探した。全員がエリックのスクリーンのまわりで身をかがめ、バイリームの存在を示すものはないかと目を凝らした。

「あそこにある」カブリーヨはいった。オレゴン号を離れてから、一時間近くたっていた。

通常よりもかなり広がっている川底に、船の形が見分けられた。上部甲板は腐ってなくなり、その下の船艙が見えていた。残骸の大部分は川岸にあったときに発掘されていて、船体中央に花瓶のようなものが数十個あった。

「あれがアンフォラだ」エリックがいった。

「かなりの数を調べないといけない」リンクがいった。

「では、早くはじめよう」カプリーヨはいった。「シャークスーツを着よう」

ふたりがシャークスーツを着ているあいだに、マクドとレイヴンが雨具を身につけて、武器を持ち、上面のハッチから出た。ハッチが閉じられるまで、湿気《しけ》った空気がエアコンの効いたキャビンに流れ込んだ。

マックスが、操縦席から肩越しにいった。「下のハッチをあけられる余裕を残して、できるだけ近づけるようにする。二〇メートルくらい泳ぐ必要があるぞ。いまから〈リトル・ギーク〉を出す」

〈ノーマド〉の船底の外にある収納部があいて、遠隔操作探査機《ROV》が電動プロペラで推進されて出てきた。スーツケースほどの大きさのROVは、光ファイバーで〈ノーマド〉と接続され、超小型ソナーを備えている。カプリーヨとリンクはROVのそばを泳ぎ、やはり光ファイバーを接続して、ソナーの画像を拡張現実眼鏡で見ることになる。

フルフェイスのマスクをつけているので、カプリーヨ、リンク、〈ノーマド〉は、〈リトル・ギーク〉経由で話をすることができる。

重い装備を身につけると、カプリーヨとリンクはエアロックにはいった。リンクの巨体のせいで狭かったが、注水されて気圧が外とおなじになるまで我慢すればいい。

川の水中と気圧がおなじになると、カブリーヨはハッチをあけて開口部から下に出た。エアロックから頭が出る前に、川底の泥に足が触れた。つまり水深は四・五メートル程度しかない。ＢＣＤにエアを入れて、浮力をあげた。そうしないと、鎖帷子のせいで川底から動けなくなる。

カブリーヨは、〈リトル・ギーク〉の横の手がけをつかみ、光ファイバーを接続した。リンクが反対側で位置につくと、カブリーヨはいった。「移動準備よし」ＲＯＶのプロペラが回転し、ふたりを曳《ひ》きはじめた。

予想していたとおり、ヘッドランプを点《つ》けていても視程は悪かった。〈リトル・ギーク〉とその向こう側のリンクの人影は見えるが、あとはぼやけていた。ＲＯＶが発信するソナー信号は人間の耳には聞こえない高い周波数だが、映画の特殊効果のような感じで川底の輪郭がくっきり見分けられるので、うまく機能しているようだった。

「あそこが舳先《へさき》だ」リンクがいった。

〈サラシア〉の残骸の船首が、沈泥のなかから突き出していた。衝角《しょうかく》は腐食してなくなっていたが、二千年が経過した割には木の部分は驚くほど状態がよかった。氾濫原《はんらんげん》の粘土が船体を覆って、腐るのを防いだにちがいない。

ふたりは古代の兵器が大量に収められている武器庫の上を通った。時間があればじっくり調べたいものだと、カブリーヨは思った。剣、槍《やり》、甲冑《かっちゅう》が見えていた。掘り起こせばもっと多くの工芸品があるはずだ。

ふたりはそのまま船体中央へ進み、沈泥から覗いているアンフォラの山が見えた。収集品としての価値を損ねないために、できるだけ壊さないように細心の注意を払って発掘されていたようだった。

「よし、ストーニー」カブリーヨはいった。「ここでとめてくれ」

〈リトル・ギーク〉が停止して着底《そこ》した。これからふたりは、陶器の壺《つぼ》の蜜蠟で封をした蓋《ふた》を壊さないように、手で慎重に探さなければならない。

「向こう側からはじめてくれ」カブリーヨはいった。「わたしはこっちからやる」

ダイビングライトを使って、一個目のアンフォラを見たが、蓋はなかった。二個目もおなじだった。三個目には蓋があったが、〝HERBIS〟（香草、薬草を意味するラテン語）と書いてあった。

つぎの三個は、最近の洪水でなにか重いものが当たったらしく、割れていた。中身は押し流されて、なにも残っていない。

その三個の首を持ちあげてみた。二個目が蜜蠟で封をされ、〝NVL〟と記されていた。

「まいったな」カブリーヨはいった。

「なにか見つけましたか?」リンクがきいた。

「ああ。割れたアンフォラだ。われわれが探しているラベルがある」

「まずいな。考古学者がアンフォラを一個持ち出しているから、残りは一個しかない」

「そうだ。そのアンフォラがこれみたいに壊れていないことを祈ろう」

カブリーヨがアンフォラの破片をひとつ落とすと、それが沈泥を舞いあがらせ、黄色く光るものがライトに照らし出された。カブリーヨはつかのま探すのをやめて、それがよく見えるように泥を払いのけた。

黄金の鷲《わし》の頭部が泥のなかから現われたので、カブリーヨはびっくりした。それをこじって、周囲に積もっていた沈泥のなかからひっぱり出し、重い遺物をあらわにした。それがアンフォラを割ったにちがいない。

それ以上詳しく調べる手間はかけず、ベルトの小さなメッシュバッグに入れた。探している容器が見つかれば、あとでゆっくり調べればいい。

マスクのレギュレーターから出る泡の音に加えて、あらたな音が暗い水中に届いた。無線の空電雑音がくぐもって聞こえるような感じだった。

雨だ。川の上では土砂降《どしゃぶ》りの雨になっている。

「これだから、この仕事は楽しいのさ」マクドがいった。〈ノーマド〉の上に立っていたマクドとレイヴンを、巨大な雨粒が叩きはじめた。フードとレインジャケットを水が流れ落ちた。

「泣き言はやめなさい」レイヴンが答えた。「こういうにわか雨は、すぐにやむわよ」

「とにかく、おれっちがこれ以上ずぶ濡《ぬ》れになることはないもんね。これを着てるとサウナにはいってるみたいに汗だくだ」

「変ね《イッツ・ファニー》」

「そんなにおもしろくない《イッツ・ナット・ザット・ファニー》」

「ちがう。川のまんなかにいるあのワニが、こっちに向かってるのよ」

レイヴンが指差し、巨大なワニがじりじりと近づいてくるのを、マクドは見た。

「でけえ」マクドはいった。「〈ノーマド〉に興味があるのかな?」

「わたしたちが沈船を探して行ったり来たりしてたとき、川の向こう側のワニはぜんぜん気にしてなかったのに」

ワニはまっすぐ沈船に向かっていた。「なにかに惹かれてるんだ。ダイバーの音が聞こえるのかな?」

「わからない」レイヴンはそういってから、カブリーヨを呼び出した。「会長、ワニが一匹、目的ありげにこっちに来ます」

「時間はどれぐらいある?」カブリーヨはきいた。

「そんなにない。一分ぐらいでしょう」

「わかってよかった」

レイヴンとマクドは、アサルト・カービンで狙いをつけたが、無駄だった。襲撃を開始するUボートのように、ワニが水面から姿を消した。

44

エイプリル・チンは、鉱石運搬船〈タイ・ナヴィゲーター〉の速力が遅いことにいらだち、追い越すよう操舵員に命じた。アドルファス島のわずか三海里手前で、〈マローダー〉は〈タイ・ナヴィゲーター〉の右側に出た。

〈タイ・ナヴィゲーター〉の横を通過しているときに、あらたな船が視界にはいった。それまでは大型の鉱石運搬船の蔭になって、肉眼でもレーダーでも捉えていなかった。

その船は静止しているように見えた。投錨しているのだとすると、中途半端な場所だった。エイプリルは双眼鏡を持ち、張り出し甲板《ウイング》に出ていった。

距離があるので、船尾にステンシルで描かれた船名は読めなかったが、双眼鏡の焦点を合わせると、在来貨物船のデリック四基が目に留まり、エイプリルはみぞおちにしこりができた。〈マーシュ・フライヤー〉を護った船についてポークが描写した特徴と一致している。

その船が先に到着することはありえなかった。ここまで来るのにあと一日か二日くらいかかるはずだ。あの大きさの船が、エイプリルのトリマランの速力に対抗できるはずがない。

エイプリルは、ブリッジに駆け戻った。

「あれはなんという船なの？」

副長が、スクリーンで確認した。「ノレゴ号です」

おなじ船ということはありえない。でも、あそこにいる。

エイプリルはにわかに気づいた。〈マローダー〉も〈ナヴィゲーター〉に隠れて見えなかったはずだから、不意打ちをかけることができる。だが、〈ナヴィゲーター〉の乗組員が目撃者として生き残るのはまずい。

「プラズマ・キャノンを起動して」エイプリルは命じた。「それから、〝エネルウム〟・ロケット弾二発安全解除、一発は〈タイ・ナヴィゲーター〉、もう一発はノレゴ号に向けて発射」

シルヴィアは、オレゴン号のオプ・センターの大型スクリーンでトリマランのクローズアップ画像を見て、息を呑んだ。

「どこからともなく現われた」ハリがいった。「〈ナヴィゲーター〉のすぐうしろにいたにちがいない」

「おなじ船なのね、シルヴィア？」リンダがきいた。

シルヴィアはうなずいた。オプ・センターには、リンダ、ハリ、シルヴィア、マーフィーしかいないのに、リンダがきわめて冷静に反応したことに、かなり驚いた。

「錨を切り離す」リンダが、アームレストをタップしながらいった。

「ロケット弾襲来」ハリがいった。

ロケット弾が二発、トリマランから発射されていた。一発がすぐに〈タイ・ナヴィゲーター〉の上で爆発した。二発目はオレゴン号に向かって飛んできた。

「レーザー起動」リンダはいった。

「ロックオンした」ハリがいった。

「撃て」

ロケット弾がまっすぐに自分たちのほうへ近づくあいだ、シルヴィアとマーフィーには見守ることしかできなかった。突然、ロケット弾がまばゆい閃光《せんこう》に包まれて炸裂《さくれつ》し、白いガスがオレゴン号とトリマランの中間でひろがった。

「機関始動、船体カムフラージュ開始」リンダはいった。「ハリ、カシュタンを出して射撃準備」

オレゴン号の連装ガットリング機関砲のことだと、シルヴィアにはわかっていた。

トリマランが有効射程ぎりぎりにいることも知っていた。

いっぽう、オレゴン号はプラズマ・キャノンの有効射程内だった。トリマランの甲板の保護筐体《きょうたい》からプラズマ・キャノンが出てきて、不気味な砲身がオレゴン号のほうを向きはじめた。

ロケット弾がターゲットに到達する前に爆発するのを見て、エイプリルは愕然《がくぜん》とした。つかのまノレゴ号を見失ったことにも驚いた。

「どこへ行ったの？」エイプリルは口走った。

目を凝らすと、ノレゴ号の輪郭を見分けることができた。どうやらブルーから茶色に代わって、背後の砂岩の崖に溶け込もうとしているようだった。

「まだあそこにいる」エイプリルはいった。「さっきのターゲット・ロックオンを使って、プラズマ・キャノンを発射」

「発射します」

プラズマ・キャノンが充電されて超高熱のガスを撃ち出すパワーが高まるにつれて、

〈マローダー〉の船体が震動した。船全体が低くうなるエネルギーに呑み込まれ、やがて雷鳴のような激しい音が空気を切り裂いた。

爆発の炎が遠くに見えるノレゴ号の上でひろがり、ターゲットに命中したとわかった。つぎはその煙が標的の中心を示してくれる。

「二発目のためにパワーアップ」エイプリルはいった。訊問できる生存者を残したほうがいいが、船を完全に破壊して、乗組員を皆殺しにしなければならないようなら、そうするつもりだった。

「損害報告」リンダが呼びかけた。

「カシュタン・コマンドモジュールが使えなくなった」ハリがいった。「もう撃てない」

「レイルガンは？」

「発射準備をしてるが、いまはトリマランに船尾を向けてる。船首から発射するために回頭していたら間に合わない」

ハリの言葉を裏付けるように、つぎの爆発がオレゴン号を揺さぶった。

「ブリッジを破壊された」ハリがいった。

「レーザーで敵船のブリッジを狙って」リンダはいった。「時間を稼げるかもしれない」

「発射」

レーザーの効果は見えなかったが、プラズマ・キャノンの発砲が一瞬とまった。

「スコールだ」マーフィーがいった。

「なに?」シルヴィアがきいた。

「スコールを目指せ」マーフィーは、スクリーンを見ていた。

シルヴィアがマーフィーの視線を追うと、いっている意味がわかった。黒雲がオレゴン号の前方数百メートルにあり、雨の幕が空からほとばしっていた。

シルヴィアはリンダのほうを向いて、スクリーンを指差した。「プラズマ・キャノンは晴天用兵器よ。あの大雨のなかに逃げ込めば、威力が弱まる」

ふたたびプラズマ・キャノンが発砲し、オレゴン号の甲板に焼け焦げた線ができた。

「信じるわ」リンダがいった。「しっかりつかまって」

シルヴィアは、倒れないように近くの計器盤にしがみついた。オレゴン号が急激に前進し、バラバラに吹っ飛ばされる前に全速力で雨のなかに逃げ込もうとした。

45

ワニが近づいてくるとレイヴンが呼びかけたとき、リンクは目当てのナッツがはいっている最後に残されたアンフォラを見つけていた。リンクはそれをカブリーヨのところへ持っていった。蜜蠟の封に刻まれた文字はすり減っていたが、明らかに〝NVL〟と記されていた。

「〈ノーマド〉に戻ろう」カブリーヨはそういって、アンフォラを抱え、〈リトル・ギーク〉につかまって、短い距離をひきかえしはじめた。

半分まで行ったとき、〈ノーマド〉のソナーが捉えた円筒形の〈リトル・ギーク〉が、拡張現実眼鏡に映し出された。やがて、べつのさらに不気味な形が、その横に現われた。

その形がたちまち巨大なワニの体に変わった。強力な尾をうしろで前後にふりまわしている。

ワニがそばに来る前にカプリーヨとリンクが〈ノーマド〉のエアロックに戻るのは無理だった。カプリーヨは〈ワスプ〉注射ナイフを抜き、突進してくるワニに突き刺そうと身構えた。

ワニが口を大きくあけたが、狙ったのはカプリーヨとリンクのあいだだった。驚いたことに、ワニは〈リトル・ギーク〉に嚙み付いた。ソナーの音波の反射に惹かれてやってきたにちがいないと、カプリーヨは気づいた。

ワニはすぐに相手をまちがえたことに気づき、食べられない獲物を放した。だが、近くにもっと美味《おい》しいべつの獲物がいるのは察していた。

ワニがカプリーヨに跳びかかった。カプリーヨは身をよじって逃れ、嚙まれるのを避けたが、その拍子にアンフォラをワニの行く手に落とした。

ワニの口が厚い陶器をまるで薄手のクリスタルでもあるかのように潰《つぶ》して、アンフォラが砕けた。アンフォラの破片といっしょに中身が水中に散らばるのが、カプリーヨの目にはいった。手をのばし、ひとつをつかみ取った。あとは渦巻く水のなかで失われた。

餌を手に入れられなかったせいでご機嫌斜めのワニが、カプリーヨに向けて突進した。カプリーヨは義肢《ぎし》をワニの大きな口に突っ込んだ。ワニが口を閉じて、頭を激しく動かし、獲物を溺れさせようとして、カブリーヨをぬいぐるみの人形のようにふりまわした。

リンクが濁った水のなかから現われて、〈ワスプ〉ナイフをワニの頭に突き刺した。だが、ワニが頭をさっとねじったため、切っ先がそれて、必殺の圧搾《あっさく》ガスは水中で泡になっただけで、なんの効果もなかった。ナイフもリンクの手から払い落とされ、まわりながら暗い川底へ落ちていった。

ワニは気をそらされることなく、カブリーヨの義肢を嚙みつづけた。カブリーヨは戦闘用義肢を着けることもある。その義肢は隠し場所に四五口径ACP弾を使用するコルト・ディフェンダー、セラミックのナイフ、C‐4爆薬を収めていて、踵《かかと》から散弾一発を発射できる。だが、今回のダイビングでは、武器なしの通常の義肢を着けていた。

リンクがワニの頭蓋骨をベアハグで押さえ込み、もう一度嚙むために口をあくことができないようにした。パーソンズが、ワニの口があかないようにするのは簡単だといったことを、カブリーヨは思い出した。リンクもそれを知っていたにちがいない。跳ねまわる野生馬にまたがっているように、リンクはワニの上に乗っていた。

カブリーヨはまだナイフを持っていたので、ワニの上顎に手が届くように、体をねじった。ワニがつぎに頭をねじるのにタイミングを合わせて、歯のあいだに〈ワスプ〉ナイフの切っ先を叩き込んだ。

ナイフの刃は軟口蓋《なんこうがい》に深くは突き刺さらなかったが、それでもじゅうぶんだった。カブリーヨは鍔元のボタンを押した。鋼鉄の歯の穴から圧搾ガスがワニの下顎のなかに噴出した。それと同時に、リンクの腕が離れ、見えないところに飛ばされた。

ワニが義肢を放し、ナイフとカブリーヨのフィンが口のなかに残った。致命傷にはならないだろうが、水中に血がひろがった。獲物に反撃されたので懲《こ》りたらしく、ワニは向きを変えて遠ざかった。

だが、そのときに巨大な尾をふり、それがカブリーヨのBCDとレギュレーターのホースに当たった。皮の鋭い部分がその両方を引き裂き、カブリーヨのマスクに水がはいり、BCDからエアが抜けた。

浮力を失ったうえに、鎖帷子を着込んでいるために、カブリーヨは水面に浮上できなかった。まもなく酸素が吸えなくなった肺が悲鳴をあげるはずだ。

カブリーヨは片手でクイックリリースをはずして、BCDをタンクごと脱ぎ捨て、浮力を得ようとしたが、ワニと争ったために肺の酸素を使い切っていた。溺れる前に身を軽くして水面に浮上できるかどうか、時間とのきわどい勝負だった。

それでも、やろうとした。ずたずたになったＢＣＤを脱いだが、口をあけて空気を吸いたいという強い衝動にかられた。酸素不足になった肺が焼けるように痛んだ。

カブリーヨは、力強い両手に肩をつかまれて、引きあげられた。そして、リンクといっしょに水面を割り、新鮮な空気を思い切り吸った。見あげると、手がのびてきたので、つかんだ。

マクドとレイヴンの力強い腕が、〈ノーマド〉の甲板にカブリーヨを一気にひっぱりあげた。ふたりが向きを変え、リンクをカブリーヨの横にひっぱりあげた。

リンクがカブリーヨの隣に座って、荒い呼吸をしていた。

「ありがとう、リンク」カブリーヨはいった。「あと一秒で助からないところだった」

リンクがうなずいた。「エアロックがあいて排水されるまで、待てないと思ったんですよ。それと、これならロデオもやれるって思いました」

「早く川からあがってよかったわ」レイヴンが、〈ノーマド〉に向かってくるワニの群れを指差した。「血が流れて、水がかき混ぜられたから、注意を惹いたみたい」

「それはなに？」カブリーヨの腰のメッシュバッグにはいっている黄金の遺物を、マクドが指差した。

「わからない。割れたアンフォラのそばで見つけた」

くなった」

「それで思い出した」リンクが、不愉快そうにアンフォラの割れた蓋を甲板にほうり出した。「ワニが壺を嚙むのを見ましたよ。解毒剤の秘密の処方を知ることができなくなった」

「いや、そんなことはない」カブリーヨはいった。

ワニとの苦闘のあいだ、カブリーヨは手に握ったものを放さなかった。握りしめた拳《こぶし》を差し出してひらいた。掌《てのひら》にゴルフボール大のグリーンの木の実がひとつあった。人間の目の虹彩《こうさい》に似た模様があった。

カブリーヨには、その勝利を楽しんでいるひまがなかった。

エリックがハッチから首を出し、不安のにじむ顔でいった。「急いでここを離れないといけない。オレゴン号が攻撃されてるって、ハリがいってます」

46

ノレゴ号がアドルファス島の東の狭い水路に逃げ込み、激しい雨の帳《とばり》に護られていたので、エイプリルはプラズマ・キャノンを使うことができなかった。激しいにわか雨のせいで威力を発揮できない。だが、ノレゴ号のレーザーも、強烈な光線を〈マローダー〉のブリッジに照射できなくなっていた。

「船長」エイプリルの副長がいった。「〈タイ・ナヴィゲーター〉が本船との衝突針路にいます」

「針路変更してよけて」エイプリルはいった、「でも、ノレゴ号にはこれ以上近づかないようにして。〈タイ・ナヴィゲーター〉の針路は?」乗組員が〝エネルウム〟で動けなくなっているので、〈タイ・ナヴィゲーター〉は停船できない。

「アドルファス島の西側の岩礁《がんしょう》に衝突するでしょう」

「よし。それなら沈没してもわたしたちの邪魔にはならない」

スコールはほんの数分で通過するはずで、そうすれば攻撃を再開し、ノレゴ号にとどめを刺すことができる。しかし、何人か生かしておいて、訊問したいと、エイプリルは考えていた。

「ノレゴ号を呼び出して。だれかに傍受されないように、暗号化されたわたしたちの衛星携帯電話の番号を伝えて」

ややあって、副長がいった。「向こうがかけてきました」

「スピーカーに接続して」エイプリルはいった。「こちらは〈マローダー〉の船長。そっちは？」

「こちらはノレゴ号船長代行」アメリカ英語で女が答えた。「あんたはエイプリル・チンにちがいない」

エイプリルは、驚きを抑えた。「どうしてそんなことをいうの？」

「あんたたちが何者か、あたしたちは知ってるのよ。それに、あんたとアンガス・ポークが一連の毒ガス攻撃の犯人だと見分けた目撃者もいる。ヌランベイの製造施設のことも知ってる。あんたたちのほかの活動をあたしたちが封じ込めるのは、時間の問題よ」

「〝あたしたち〟ってだれよ？」

「あたしはリンダ。あんたはそれだけ知っていればいい」

「じつは、もっと詳しく知りたい。だから一度だけ提案する。降伏しなさい。そうしたらあんたの船を破壊しない」

「そそられる提案ね。よく考えないといけない。あとで返事するわ」

「あまり時間はないわよ」エイプリルはいった。「この雨がやんだら期限切れになる」

「エイプリル、いっとくけど、あたしは強引な売り込みは嫌いなの」

「わたしはあんたのカシュタン制御システムを使用不能にした。対空レーザーはただいらつくだけよ。認めなさい。あんたたちは負けたのよ」

「こうしましょう」リンダがいった。「あんたのいうとおり。こっちへ来たら、乗船してもらって、お茶とクッキーを出すわ」

「うれしいお招きだけど、もうひとつ考えてもらうことがあるの。雨がやむまでに、乗組員が甲板に出て両手をあげなかったら、あんたの船を噴き出し花火みたいに燃えあがらせる。わかった?」

リンダが答える前に、エイプリルは一本指で喉を横になぞる仕草で通信を切るよう合図した。

いまの話し合いから考えて、ノレゴ号が降伏するとは思えなかった。ほんとうに残念だった。これから殺す連中に、エイプリルはかなり興味を抱いていた。

リンダは、いまの話し合いで時間を稼いでいるあいだに、シルヴィアが船尾のカシュタン連装ガットリング機関砲のマニュアル照準装置に慣れることを願っていた。自動照準が不可能なので、狙いをつけるのが難しい。シルヴィアは兄のマーフィーとおなじように兵器の専門家だが、機関砲の使いかたについて、マーフィーから急いで特訓を受けなければならなかった。

リンダがオレゴン号を一八〇度方向転換させることができれば、船首の強力なレイルガンを使用できる。だが、水路は狭いし、回頭しているあいだに格好の的《まと》になるおそれがあった。

スクリーンには、土砂降りの雨の靄《もや》越しにトリマランが映っていた。〈タイ・ナヴィゲーター〉は通過してしまい、〈マローダー〉からは障害物なしに射撃できる。

「あせらせるつもりはないけど」リンダはいった。「雨があがりそうよ」

「準備はできた」シルヴィアがいった。

「ターゲットまでの距離は?」

「二海里」ハリが答えた。

「有効射程ぎりぎりだわ」リンダはいった。「残弾は四百発と表示されてる。弾薬がなくなるまで、一回か二回しか斉射できない」

カシュタンの発射速度は一分間に一万発なので、二秒ほどで弾薬が尽きる。

「シルヴィアならやれる」マーフィーがいった。

シルヴィアがうなずき、計器盤に目の焦点を合わせた。

「あのプラズマ・キャノンを狙い、あたしたちが水面から吹っ飛ばされる前にぶっ壊して」リンダが命じた。

シルヴィアが一連射を放ち、カシュタンの連装砲身から一秒分の曳光弾《えいこうだん》がほとばしったが、左にそれた。

「難しいわ」シルヴィアが、狙いを修正しながらいった。

そのとき、まるでシャワーのノブをひねって閉めたかのように、土砂降りの雨が突然やんだ。

シルヴィアがもう一度発砲した。今度は機関砲弾が〈マローダー〉を直撃し、甲板に火花と煙があがった。

その瞬間、〈マローダー〉のプラズマ・キャノンが火を噴いた。超高熱のガスがカシュタンに命中し、照準用カメラを吹っ飛ばした。

「兵装使用不能、弾薬なし」シルヴィアがいった。

プラズマ・キャノンがまだ機能を発揮しているようなら、つぎの攻撃で破壊される前に狭い水路から出て方向転換するしかない。リンダはオレゴン号を後進させて、機関を全開にし、つぎの衝撃に備えて身構えた。

つぎの衝撃はなかった。

「〈マローダー〉が尻尾《しっぽ》を巻いて逃げていく」ハリがいった。「シルヴィアの射撃で、プラズマ・キャノンが使えなくなったにちがいない」

トリマランが向きを変え、水中翼で船体を浮きあがらせて急加速するのが、スクリーンに映っていた。オレゴン号にも追いつけないほどの速力だった。

「レイルガンだ」マーフィーがいった。「射程外に出る前にやれ」

レイルガンはカシュタンよりも射程が長いが、リンダには逃げていくトリマランよりも優先すべきことがあった。

「あの貨物船は、なにかにぶつかるまでとまらない」リンダはいった。「乗組員がガスで動けなくなっているから、停止できない」

「沈没する前に避難することもできない」ハリがいった。

オレゴン号を狭い水路から出すと、リンダは〈タイ・ナヴィゲーター〉に向けて回頭させ、最大速力で会合《ランデヴー》する針路をとった。

「ハリ」リンダはいった。「エディーを呼び出して、〈ナヴィゲーター〉に乗り込む準備をするよう命じて」

47

ハリの緊急指示の一分後、エディーはオレゴン号の右舷へ走っていった。船側梯子が甲板から繰り出されていた。〈ナヴィゲーター〉に横付けしたら、船側梯子は水平になって渡される。エディーはそれを伝って乗り込む。とにかくそういう計画だった。

問題は、船側梯子が狭い湾を一〇ノットで航行している船ではなく、停止している船に乗り込むようにできていることだった。船側梯子を渡るには、オレゴン号は両船が蹴立《けた》てている航跡《ウエーキ》を乗り越えて、五メートル以内に接近しなければならない。

アドルファス島が、前方に聳えていた。船体を引き裂くおそれがある岩場の浅瀬を、エディーは見分けることができた。沈没する前に体が麻痺した乗組員を避難させるような時間はない。

エディーは、大型貨物船を操船した経験はなかったが、この任務をやれる人間が、ほかにはいなかった。カブリーヨとそのチームは、まだオード川で〈ノーマド〉に乗っている。彼らが戻ってくる前に、鉱石運搬船〈タイ・ナヴィゲーター〉は湾の底に沈んでしまう。熟練した船乗りのエリック・ストーンが、停船の手順を教えてくれるはずだった。エディーはイヤホンをはめた。

「いま、甲板に出ている」エディーはいった。「聞いているか、エリック？」

「聞いてるよ」エリックがいった。「ブリッジへ行ったら教えてくれ」

「了解。リンダ、乗り移る準備ができた」

「まだよ。ちょっと計算しないといけない。もうすこし待って」

「どうして？」

「〈ナヴィゲーター〉を後進全速にしても、衝突を避けるのに間に合わないのよ」

「それじゃ、どうするんだ？」エディーはきいた。

「島と〈ナヴィゲーター〉のあいだにオレゴン号を入れて、ちょっと押す」リンダはいった。「なにかにつかまって。かなり激しくぶつけるから」

なにが起きるか悟ったエディーは、手摺から遠ざかって、荷物を固縛《こばく》する鎖をつかんだ。リンダはオレゴン号を使って、曳き船がやるように、〈タイ・ナヴィゲーター〉を現在の針路からずらすつもりなのだ。

しかし、二隻とも二〇〇メートル近い全長なので、うまくいっても危険がかなり大きい機動だった。リンダがぶつける角度を誤ったら、オレゴン号の装甲が鉱石運搬船の船体に食い込み、岩礁とおなじような損害をあたえかねない。それに、時間が逼迫《ひっぱく》していた。数分後には、二隻とも座礁するおそれがある。アドルファス島と勝ち目の薄いチキンゲームをやっているようなものだし、どちらが勝つかは明らかだった。

オレゴン号が〈タイ・ナヴィゲーター〉と並び、速力を合わせた。一定のペースでゆっくりと接近した。やがて、金属のこすれる甲高い音とともに、船体が大きく揺れた。二隻がこすれ合うあいだ、その騒音がやむことなくつづいた。

オレゴン号のヴェンチュリ管が推力を偏向させ、磁気流体力学機関が発生するすさまじい勢いの水流で船の向きを急激に変えた。この仕組みによって、オレゴン号はさまざまな方向へ操舵できる。いま、それが全力を尽くして〈タイ・ナヴィゲーター〉の針路を変えようとしていた。だが、舵《かじ》が固定されたままの〈タイ・ナヴィゲーター〉は、それにずっと抵抗していた。

うまくいくだろうかとエディーは危ぶんだが、オレゴン号の船首方位がしだいに島からそれはじめているのに気づいた。

「ぎりぎりになるわよ」リンダがいった。

誇張ではなかった。オレゴン号と岸とのあいだの水面が、もうエディーのところからは見えなくなっていた。島の砂岩の崖が、のしかかるように聳えていた。ときどき、オレゴン号の島に面している側から、金属のこすれる音が聞こえた。

やがて、島の岬の近くを通過し、湾のひらけた水域に戻った。オレゴン号が〈タイ・ナヴィゲーター〉から離れると、金属のこすれる音がやんだ。〈タイ・ナヴィゲーター〉の船体のあちこちの塗装が剝《は》げて鋼板が見えていたが、穴はあいていないようだった。

「そっちはだいじょうぶ？」リンダがきいた。

「わたしはなんともない」エディーはいった。「みごとな操船だった。ペンキをすこし塗らないといけないけど、〈ナヴィゲーター〉にたいした損害はない」

「ありがとう。でも、まだ終わったわけじゃないわ」

マングローブに縁どられた平らな岸が、湾の反対側にあり、〈タイ・ナヴィゲーター〉はまっすぐそこへ向かっていた。現在の速力だと、五分以内に停船させなければ間に合わないと、エディーは推定した。

リンダがオレゴン号を並行させ、船側梯子を水面の上に突き出した。エディーは船側梯子の先端まで歩いていって、〈タイ・ナヴィゲーター〉の甲板の上に梯子がのびたときに跳びおりられるよう身構えた。

オレゴン号がなおも接近して、船側梯子が〈タイ・ナヴィゲーター〉の甲板の一五〇センチ上に来た。エディーが体に力をこめて跳んだとき、なにか見えない力のせいで、〈タイ・ナヴィゲーター〉がかすかに針路を変えた。

甲板に着地して転がるはずだったエディーは、下で渦巻いている海に落ちないように、腕をのばして片手で手摺をつかまなければならなかった。ぶらさがっているうちに、重みがかかっている指がしびれてきた。

「エディー」リンダがいった。「がんばって。船側梯子を下に移動させるから」

「いや」エディーはうめいた。「自分で登る」

エディーは体をふりあげて、金属製の手摺の上に反対の手でしがみついた。体を引きあげ、甲板に着地した。それから跳ぶように走って、ブリッジを目指した。

ブリッジへ行くと、男四人が甲板に転がっていた。意識はあるが、何人かが腕と手を動かせるだけだった。

「心配するな、きみたち」エディーはいった。「わたしは助けにきたんだ」

意味不明のうめきが返ってきただけだった。

マングローブの岸が、さっきよりもずっと近くにあった。「エリック、ブリッジに来た。あまり時間がない。なにをやればいい？」

「その船の設計図で、ブリッジの仕様がわかってる」エリックがいった。「操舵は複雑だからひとりでは無理だ。停船させる」

「どうやって？」

「計器盤のまんなかに、機関室伝令器《エンジン・テレグラフ》という表示のレバーがあるはずだ。ＲＨＩＢの推力制御レバーに似ている」

エディーは操縦装置類を見まわして見つけた。制御盤の上にある半円形の表示の上に突き出している。〝機関停止〟を中心に、〝極微速〟、〝微速〟、〝半速〟、〝全速〟がそれぞれ〝前進〟と〝後進〟の側にあった。いまは前進半速になっている。

「見つけた」エディーはいった。

「よし。岸に乗りあげる前に停船させるのは無理だとリンダは考えているから、〝後進全速〟にするしかない」

ほかに設定しなければならないボタンとノブがいくつかあり、エリックがエディーを導いてそれらを操作させた。エディーは、レバーをめいっぱい手前に引いた。

スクリューが停止してから逆に回転しはじめるあいだ、〈タイ・ナヴィゲーター〉の船体が激しく震動し、なおも慣性で前進をつづけた。一秒ごとにマングローブの林が近づいた。

「まだ動いているが、速力は落ちている」エディーはいった。「ほかにできることはないか?」

「残念だけど、ないんだ。しっかりつかまって」

待つあいだにエディーは乗組員たちをひきずって、ブリッジの船首寄りに横たえた。そうやって乗組員四人が衝撃をしのげるようにしたとき、沼地の底の砂を船体がこすり、船首がもちあがるのがわかった。エディーは船長席に座り、マングローブの茂みを切り裂いて〈タイ・ナヴィゲーター〉が進むのを見守った。

意外にも、岸にすこし乗りあげたところで、〈タイ・ナヴィゲーター〉は動かなくなった。

エディーがテレグラフを〝機関停止〟に入れると、震動がやんだ。

「これでもうどこへも行かない」エディーはいった。「ドクター・ハックスリーをこっちによこしたほうがいい。あらたな患者がいる」

「いま向かっている」リンダが答えた。

「〈マローダー〉は?」

「トリマランは、スキャンブリッジ湾を出てから、東に向かった。もうレイルガンの射程外だし、レーダー覆域も出た。エイプリル・チンは逃げた」

48

カブリーヨが、〈ノーマド〉とチームとともにオレゴン号に戻ったときには、〈タイ・ナヴィゲーター〉の乗組員全員が救出されて船内に収容されていた。カブリーヨは、彼らを近くの港町ウィンダムに搬送するのを指揮した。この症状のことがよくわかっているオーストラリア軍医療チームがやってきて、そこで治療することになっていた。

〈タイ・ナヴィゲーター〉の乗組員はひとりも攻撃のことを憶えていないので、オレゴン号の乗組員はたまたま近くを通りかかって救助活動を行なった善意の第三者だという話が通用するはずだった。岸に乗りあげている鉱石運搬船を見つけたという作り話に当局は納得し、オレゴン号は出港を許可された。

港を離れるとき、カブリーヨはマックスとともにオレゴン号の甲板に出て、〈マローダー〉との戦闘で受けた被害を調べた。船尾のカシュタンは使用できなくなり、上部構造の偽《にせ》のブリッジでは自動操船装置が破壊されて、大規模な修理が必要だった。船体も数カ所が焼け焦げたので、能動カムフラージュ・システムの損傷部分を再塗装しなければならない。

「まっさらの状態をほんの一週間も維持できなかったな」マックスが文句をいった。

「新車のスポーツカーでディーラーの駐車場を出たとたんに、ゴミ収集トラックにこすられたようなものだ。家まで乗って帰ることもできなかったのさ」

「あんたがきれいに継《つ》ぎ接《は》ぎしてくれると信じている。それからマレーシアに戻って艤装《ぎそう》をすべて終えればいい」カブリーヨはいった。オレゴン号の技術員ふたりが、切断トーチで作業し、甲板に火花を散らしているほうを指差した。「それより格納庫扉のほうが心配だ。開閉できるようになるまで、どれくらいかかる？」

プラズマ・キャノンの超高熱ガスで、ティルトローター機を格納庫から出すために開閉する扉の蝶番《ちょうつがい》が溶けてしまった。そのため、逃げるトリマランをゴメスが追跡できなくなった。航続距離の短いドローンでは、いまごろ一〇〇海里以上離れているトリマランまで行き着くことはできない。途中でバッテリーが切れてしまう。

「三時間で動かせるようになるだろう」マックスはいった。「唾《つば》と針金で応急修理することになるが、ちゃんと作動するはずだ」

「あんたは機械工学の天才だからな、マックス」マックスの肩を叩きながら、カブリーヨはいった。「あんたがいなかったら、とてもやっていけない」

「超天才という意味でいったんだろう。それに、あんたもいつもやってることをやる。ワニのときとおなじように、なんとかして仕事を終える方法を見つける」

「ほとんどリンクのおかげだ。わたしは食べられないようにしただけだ。修理が終わったら知らせてくれ」

カブリーヨがマックスのそばを離れるとき、オレゴン号は座礁した〈タイ・ナヴィゲーター〉の横を通過した。岸に突っ込んだ〈タイ・ナヴィゲーター〉は、船体の前三分の一がマングローブの林に囲まれていた。海に浮かべるには、かなり高い満潮と強力な曳き船数隻が必要だろう。乗組員を救出するのがどれほどたいへんだったか、カブリーヨは説明を受けていた。練度の高いチームの働きぶりが、カブリーヨには誇らしかった。

船内にはいると、カブリーヨは、シルヴィアとエリックが待っている会議室へ行った。ふたりは寄り添うように座り、カブリーヨがはいってきたのにも気づかなかった。

「なにかおもしろいことがわかったか？」カブリーヨはきいた。

エリックは、シルヴィアと体を寄せ合っているのを恥ずかしがるふうもなく、いたって居心地がよさそうだった。エリックがシルヴィアに笑みをむけていった。「いくつかわかりましたよ。マーフィーとドク・ハックスリーが戻ってきて、それについて話をするのを待ってるところです」

カブリーヨは、軍船の残骸で見つけた黄金の鷲が置いてあるテーブルの上座《かみざ》に席を占めた。鷲はきれいに洗われて、二千年前に埋もれた日とおなじように翼が光り輝いていた。SPQRという文字が、交差した二本の剣の上に刻まれていた。

「これがなんの偶像か、教えてくれるか?」

「aquila《アクイラ》だと思います。ラテン語で鷲のことです」シルヴィアがいった。「ローマの軍団が掲げる軍旗の意匠で、ユピテルの象徴として崇《あが》められてました」

「これがそうだと思っているんだな?」

「ほかに残っている遺物がないので」エリックがいった。「比較できません。でも、これが出てきた。発見されたものとしては、古代ローマ帝国の印璽《いんじ》がもっとも近いです。でも、SPQRという文字が、古代ローマだということを確実に示してます。Senatus Populusque Romanus《セナートゥス・ポプルスクエ・ローマーヌス》の頭語で、〝ローマの元老院および人民〟という意味です。現存するのは、これだけかもしれません」

「どうしてオーストラリアまで持ってこられたんだろう?」

「捕虜になったときに、パルティア人の目に触れないように守ってきたんでしょう」シルヴィアがいった。「戦闘で鷲《アクイラ》を奪われるのは屈辱的な不名誉で、きわめて不吉な前兆だと見なされてたんです。ローマはゲルマニアで鷲を三つ失い、三十年かけて奪い返してます」

エリックがうなずいた。「つまり、フラウィウスとその仲間が、パルティア人に見つからないように鷲を護ってきたか、逃亡するときに奪い返したんです」

「計り知れない価値があるにちがいない」カブリーヨはいった。「しかし、神経ガスの製造法のほうが、もっと価値があると見なされたわけだ」

「それで、つぎの発見の話になります」エリックがいった。「沼の工場で手に入れたファイルのなかに、もっと役に立つものがありました。ヌランベイで貨物船に積み込んだ工場の製品を使ってこれから行なわれる作戦に触れている部分があったんです」

「作戦がどこで行なわれるか、わかっているのか？」

「あいにくわかりません」シルヴィアがいった。「在庫目録のスプレッドシートで、〝十二月三十一日〈シェパートン〉任務用筒型容器〟と書いてあります」

「大晦日か」カブリーヨはいった。「あと五日しかない」

「もっと最悪なことがあります」エリックがいった。「スプレッドシートには、〝M

R‐76〟という見出しと、〝エネルウム容器〟という見出しがあり、製造日が書いてあります」

「〝エネルウム〟はやつらが使ったガスのことだな。〝MR‐76〟は?」

「いろんな国が使用してるスウェーデン製ロケット弾です」シルヴィアがいった。

「オーストラリア軍にもあります。ガスを散布するのに、それを使ってるにちがいありません」

「数は?」カブリーヨはきいた。

「スプレッドシートの下のほうの合計では、どちらも二百九十六です」エリックがいった。

「一度にぜんぶ使えば、大都市全体をガスで包み込むことができる」

背すじが寒くなるような情報を聞いて、カブリーヨは椅子に深くもたれた。「つまり、大晦日に神経ガス攻撃が行なわれることがわかっているが、場所がわからない。ロケット弾を積んでいる船の名もわからない。解毒剤がない」

「そっちのほうは進捗《しんちょく》があったわ」会議室の戸口からジュリアがいいながら、はいってきて席についた。電動車椅子でマーフィーがつづいていた。

「わたしが見つけた木の実で作れるのか?」カブリーヨはきいた。

「いいえ。古いし、乾燥しているから、使えない。でも、原産地を突き止めた」

「そうなんだ」マーフィーがいい、音声合成装置から歓声のコーラスを響かせた。

「古代ローマ人は、グリーンの目のナッツと呼んでいた」ジュリアがいった。「でも、現在の植物名は学名が arenga randi、ランドのヤシ。地球上のたったひとつの島で発見された」

「クリスマス島だよ」マーフィーがいった。

「いまの季節にふさわしい」カブリーヨはいった。「太平洋ではなく、インド洋にあるほうの島だな？」

「正解です。オーストラリア領で、ここから一五〇〇海里離れてます」

「ティルトローター機なら、インドネシア経由で行ける」カブリーヨはいった。「どれくらいの数が必要なんだ？」

「計算したところ、ひとりの服用にナッツが三つあれば足りる」ジュリアがいった。

「ガスの影響を受けているのは六百人以上だから、約二千個の木の実が必要になる」

「その解毒剤の最初の治験に志願するよ」マーフィーがいった。

シルヴィアが手をのばして、マーフィーの手を握った。「本気なの？　副作用があるかもしれない」

「おれは明るくふるまってるみたいに見えるかもしれないけど、嫌でたまらないんだ。治る可能性があるんなら、試してみる」

「まずその木を見つけないといけない」カブリーヨはいった。スピーカーホンでハリを呼び出した。

「はい、会長」

「ボブ・パーソンズにつないでくれ」

「探します」

ほどなくパーソンズがいった。「なにか役に立てることかな?」

「オーストラリアのあちこちに人脈があるといったね?」カブリーヨはいった。「クリスマス島に知り合いはいないか?」

パーソンズがためらった。「まあ……あまりないが」

「あるという口ぶりだな。重要なことなんだ。島の植物相に詳しいガイドが必要なんだ」

パーソンズが、溜息をついた。「わかった。知り合いはいます。レニ・ラベルといって、そこでエコツーリズムを経営してます。手を貸してくれるし、手伝ってくれる人間も探してくれるでしょう。でも、おれから連絡をもらいたくないかもしれない」

「どうして？」

「何年か前にちょっと関係があって、うまくいかなかったので」

「聞いてくれ。そこにチームを派遣するつもりだから、紹介してほしいんだ」

「おれがいっしょに行ったほうがいい」パーソンズはいった。「会って話をするべきだから」

「チームに参加してくれ」カブリーヨはそういってから、ハリに切り換えた。「ゴメスに、ティルトローター機の飛行準備をするよう指示してくれ。マックスが格納庫扉を修理したらすぐに、クリスマス島に向かう」

49

ポークが黒いトヨタのSUVを運転し、おなじ車二台につづいてジャカルタのビジネス街の中心部を通り抜けたときには、午前零時近くになっていた。華麗な摩天楼《まてんろう》が、さまざまな光彩を浴びている。ポークたちが目指しているのは、それほど華やかな場所ではなく——ジャカルタ中心街の東にあるチカランという工業地区だった。

エイプリルと気兼ねなく話ができるように、ポークはひとりでその車を使っていた。

「だいじょうぶなんだな？」スパイ船との海戦のことをエイプリルが話すと、ポークはきいた。

「破片ですこし擦り傷を負っただけよ」エイプリルはいった。「乗組員四人を失い、プラズマ・キャノンを損傷したけど、逃げることができた」

「それで、おれたちの敵が何者なのか、まだわかってないんだな？」

「わたしが話をしたのは、リンダという名前の生意気な女だけだった。あの船には、わたしたちが思っていたよりも先進的な装備がある」

「たとえば？」

「対空レーザー兵器や、カムフラージュ・システム」

「冗談だろう」

「そういうものに資金を提供できる資源がある国は、そんなにない。それにしても奇妙だわ。その女はアメリカ英語でしゃべっていたから、アメリカ合衆国が関係してると思うけど」

「そいつらはどこまで知ってるんだろう？」ポークはきいた。

「それがわかればいいんだけど、でも、発掘現場のことを突き止めたにちがいない。そこでなにを見つけたか、見当もつかない」

「それなら、おれがこっちへ来てよかった。そいつらが解毒剤を作れないようにしないといけない」

「用心して。やつらはわたしたちに一歩先んじてるみたいだから」

「リュがおれたちをもてあそんでるとは考えられないか？」

「ちがうと思う」エイプリルはいった。「でも、だから予備の計画を準備したんでしょう」

シドニーで目的を果たしたあと、暗号通貨を受け取れるということを、ふたりは全面的に信じてはいなかった。リュが約束したとおりに金が支払われなかった場合でも、オーストラリア市民五百万人を麻痺させたことによって利益を得る方法がある。

ポークがヌランベイの工場から脱出するのに使ったヘリコプターには、〝エネルウム〟の解毒剤一〇ガロン（三七・八五リットル）が積んであった。九千人分に相当する。その容器はポークのジェット機に積まれ、ガス攻撃後にシドニーへ飛び、緊急配布できるように手はずを整えてあった。シドニーの大金持ちや名士たちは、ガスの影響から回復するためならいくらでも金を出すはずだ。違法ウェブサイトを使い、ひとり分五万ドル以上で売れるだろうと、ポークは計算していた。合計で五億ドル近く稼げる。

リュが約束した金が支払われなくても、ポークとエイプリルには身許を変えて新生活を築けるだけの金が手にはいる。

「これからどこへ行く？」ポークはきいた。

「マーウッドに戻るところよ」エイプリルはいった。「二日もあれば修理できると思う。そうしたらシドニーへ行き、あなたと合流する」

「おまえも用心しろ。われわれの基地の場所は、工場のどの記録にもなかったはずだが、前にも不意打ちを食らったわけだからな」

「心配しないで。警備員に厳重に警戒させる。あなたの襲撃がうまくいくことを願ってるわ」

「ありがとう。おれはこのあと一カ所に寄ってから、マーウッドへ行く。じきに会おう、おまえ」

ポークは電話を切った。ターゲットが前方に見えた。ブロヴェクス・ファーマケミカルの巨大な製造工場だった。

原産地のクリスマス島を除けば、ランズヤシの実が手にはいる場所はその製薬会社しかない。同社はランズヤシの実を備蓄し、高額な健康サプリメントを製造するための実験を行なっていた。ポークとエイプリルは、その備蓄を買おうとしたが拒否された。そのナッツにどうして関心を抱いているのだろうと怪しまれてはいけないから、ほうっておいたほうがいいと、エイプリルはポークを説得した。だが、いまはその備蓄が脅威になっている。

ナッツの備蓄を消滅させなければならない。

ブロヴェクス社はそれなりの警備態勢を敷いていたが、軍の基地とはちがう。ポークはこういう日が来るのを予想していたので、取引をする可能性があるビジネスマンを装って工場内を見学し、建物の位置関係とナッツの保管庫の場所を突き止めていた。

ポークは前の二台を追い抜いて先頭に出ると、防犯カメラで顔を写されないように目出し帽をかぶり、サプレッサーを付けたグロック・セミオートマティック・ピストルを膝《ひざ》に置いた。

正面ゲートの警備員詰所に近づくと、ポークは警備員ふたりが出てくるのを待たなかった。目出し帽をかぶっている理由を突き止めようかとふたりが迷っているあいだに、ポークはそれぞれの頭を撃った。

ポークは車をおりて、ゲートをあけるボタンを押した。時計を見て、時刻をたしかめた。警察がなんらかの形で対応するまで、五分はかかるはずだ。

保管庫は警備員詰所から三棟目の建物にある。べつの警備員が現われた場合に備えて、一チームが外で待ち、ポークがべつのチームの三人を連れてなかにはいった。四人ともキャリーカートを曳いていた。

〝ランズヤシ〟と書かれた保管庫が見つかった。クリスマス島の野生の林で収穫したナッツがはいっているカンバスの袋が四十、そのなかにあった。

「積み込め」ポークは命じた。

カートで袋をSUV三台に運ぶのに、何度か往復した。

工場をあとにするころには、遠くからサイレンが聞こえていた。ポークが先導して、シタルム川の岸にあるがらんとした駐車場へ行った。悪臭を放つその水路は、世界一汚染がひどい川だと見なされている。ゴミや人間の排泄物《はいせつぶつ》に埋もれて、水面すら見えない。ポークの目出し帽がすこしは悪臭を防いでいた。

ポークはカンバスの袋をひとつひとつ切り裂き、あとの配下が中身を川に捨てた。この有害物のなかからナッツを見つけるのは不可能だと、ポークは確信した。

それが済むと、ポークはいった。「空港に戻る」

すこし睡眠をとってから、朝いちばんに飛び立つ予定だった。

ナッツが生《な》る木をすべて始末するのは、容易ではないだろう。クリスマス島に着陸したら必要量のガソリンを輸送できるように、あらかじめ電話して確認しようと、ポークは頭のなかでメモをとった。

50

サンゴ海

一週間フィジー諸島で過ごしたあと、ゲアリ・ボナーはケアンズで自分が開業している歯科医院にあまり早く帰りたくはなかったが、五ノットの風がもっと強くなればいいのにと思った。二日前に吹き荒れた暴風雨のせいで、すでに予定から遅れていたし、新年前に帳簿を見る必要がある。

とはいえ、朝の明るい陽光と穏やかな海は、新品の全長一五メートルのヨット〈トゥース・フェリー〉で楽しくクルージングするのにうってつけだった。ボナーの妻ヴィヴィアンは、コーヒーを飲みながらロマンス小説を読み、甲板でくつろいでいる。十二歳の息子キャメロンは、舳先にまたがり、迫ってくる波の上で脚をぶらぶらさせるのが好きだ。

なにかのせいで、キャメロンが携帯電話から目を離した。連れてきた甲斐《かい》があったと、ボナーは思った。イルカの群れを見つけたのかもしれない。

ボナーは息子に向かって叫んだ。「なにかおもしろいものが見えるのか？」

もっとよく見ようとして、キャメロンが立ちあがった。「わからない。なんだろう？」

キャメロンが指差した方向の一海里先に、ボナーは目を凝らした。黄色いものが軽風のなかで左右に揺れている。

リズミカルに揺れているが、風ではためいているのではなかった。

ボナーは双眼鏡を持ち、じっくり眺めた。

人間がひとり大海原《おおうなばら》に浮かんでいるのを見て、ボナーはびっくりした。衣服の黄色い切れ端をふって叫び、そこにいるのを必死で知らせようとしているのだ。

「ヴィヴ、起きてくれ」ボナーは叫び、ヨットの向きを変えた。「あそこの海に人間がいる」

「なんですって？」起きあがりながら、ヴィヴィアンがいった。「からかってるんじゃないでしょうね」

「キャムが見つけたんだ。ハヤブサ並みの目だな。こっちへきて舵輪を持ってくれ。

わたしは帆をおろす。キャム、携帯電話を置いて手伝ってくれ」

キャメロンは救出の場面を動画に撮ろうとしていたが、携帯電話をポケットに入れて、ふたりですばやく帆をおろした。ヴィヴィアンが機関を始動し、叫んでいる男のほうへヨットを全速力で航走させた。キャメロンがまた携帯電話を出して、動画の撮影をつづけた。

近づくと、男がアジア系で、外国語で叫んでいることがわかった。黄色いものはレインジャケットで、男は白い発泡スチロールにしがみついていた。

「船から落ちたのかな?」キャメロンがきいた。

「おそらくそうだ」ボナーは答えた。「漂流物を見つけられて幸運だった」救命具を取ってロープを結び付けた。男に近づいたら、それを投げてつかまらせ、引きあげるつもりだった。

近づくあいだに、叫んでいる男の五〇メートルうしろの水面に出ている背鰭《せびれ》を、ボナーは見つけた。それが水面を切り裂いて、まっすぐに男のほうへ近づいている。

サメだ。

どういうことか悟ると、ボナーのみぞおちが冷たくなった。暴風雨のあと、男は動かずに浮かんでいたから、注意を惹かずにすんだ。だが、ヨットが通りかかるのを見て、手足をばたばたふり、叫んだために、弱っている魚の動きや音とそっくりになり、近くにいたサメの注意を惹いてしまった。

ボナーは両手をふって、万国共通の落ち着けという仕草が伝わることを願った。

「動くのをやめろ。近くにサメがいる」

ボナーは近づいてくる捕食者を指差したが、男には理解できないようで、救われることによろこんで、なおも叫び、腕をふりまわした。

ヨットの全長くらいの距離に近づいたとき、サメが男のところに達し、うれしそうな叫び声が、血も凍るような悲鳴に変わった。男が一瞬、海に引きずり込まれ、浮上したときにはまわりの水面が真っ赤になっていた。

ボナーは救命具を投げ、男が必死でそれにしがみついた。

「よし、来い」ボナーは叫んで、力いっぱい引いた。

ヴィヴィアンが駆け寄って、手伝った。ふたりの力で、男をヨットにひっぱりあげることができた。

男の片脚は、太腿《ふともも》のなかばまで食いちぎられていた。血の奔流が甲板にひろがった。

「うひゃー」キャメロンが息を切らしていったが、動画は撮りつづけた。

「止血帯を巻かないといけない」ヴィヴィアンが、船内に救急用品を取りにいった。

彼女が集中治療室《ICU》に勤務する看護師でよかったと、ボナーは思った。キャメロンがこのおぞましい光景に心的外傷を受けないのも、そのおかげだろう。キャメロンは、自動車事故の犠牲者や芝刈り機で怪我《けが》をした患者についての恐ろしい話を、母親から聞くのが好きだった。

サメに脚を食われた男が、なにかを口走っていた。おなじ文句を何度もくりかえしていたが、ボナーには理解できなかった。

「英語は話せるか?」ボナーはきいた。

男が首をふり、まるで呪文《じゅもん》を唱えるように、おなじ文句を何度もいった。声が弱くなり、やがて黙った。

ヴィヴィアンが戻ってきて、男の顔から血の気が引くのを見た。ひざまずき、男の首に指を当てた。数秒後に指をゆっくりと離した。

「死んだわ」ヴィヴィアンはいった。「かわいそうに。何日も海に浮かんでいて、助けあげられたとたんに死ぬなんて」

「人間からこんなにすごく血が出るなんて、知らなかった」キャメロンが、携帯電話をおろしていった。

ボナーは溜息をつき、息子の肩に手を置いた。「悪かった。あんなものを見せて。

だいじょうぶなのか?」

「平気だよ。ママ、たいへんな仕事をやってるんだね」

「いつもよりたいへんな日もあるわね」ヴィヴィアンはいった。

「せめて、この男の家族が気持ちの整理をつけるのには役立つ」ボナーはいった。

「ケアンズに連れて帰って、母国に遺体が送られるよう手配しよう」

「海上国境警備隊に無線連絡するわ」ヴィヴィアンがいった。「遺体を乗せて入港するときに通報するよりも、そのほうがいい。そのあとで、シーツでくるみましょう」

船内にはいっていった。

「どういう人間なのか、手がかりになるものはないかな」ボナーはいった。

男の服のポケットを調べた。IDのようなものはなかった。中国の煙草《たばこ》と、ビアグラス二客を打ち合わせている図柄のブックマッチが見つかっただけだった。それに〝〈レイジー・ゴアンナ〉、ヌランベイ〟と書いてあった。

「なんていっていたんだろう」ボナーはいった。

「ぼくが調べるよ」キャメロンがいって、携帯電話になにかを打ち込んだ。

「どうやって?」

「あのね、パパ。ちかごろはインターネットでなんでもできるんだ」衛星携帯電話と

WｉFｉを使えば、大海原のまんなかでも映画やウェブサイトを見られる。

　男の最後の言葉が、携帯電話から聞こえた。

「なにをやっているんだ？」

「録音を翻訳アプリにかける」キャメロンがいった。しばらくして、眉《まゆ》をひそめて携帯電話を見た。

「なんていっているんだ？」

「おかしいなあ。アプリがうまく働かないのかも」

　ボナーは携帯電話のスクリーンを見て、息子のいうことに納得した。アプリが文を正しく翻訳できなかったにちがいない。致命傷を負った男が〝ケンタウロス（ギリシャ神話に登場する半人半獣の種族）に置き去りにされた〟などという言葉を口走るはずがない。

51

ゴメスは、給油のためにインドネシアのスラバヤを経由し、オレゴン号のティルトローター機をクリスマス島の空港に午前八時に着陸させた。カブリーヨは、パーソンズのほかにレイヴン、マクド、エディー、リンクを連れてきた。一行が降機するときに、駐機場にはインドネシアの航空会社の旅客機一機と自家用ジェット機一機だけがとまっているのを、カブリーヨは見届けた。

この小さな島で攻撃用の武器をおおっぴらに携帯することはできないが、オレゴン号が奇襲されたあと、カブリーヨは武装せずに旅をするつもりはなかった。彼らのバッグには、税関職員の目をごまかせるような上げ底があり、拳銃《けんじゅう》ぐらいは持ち込むことができた。

空港の出口でブロンドの髪をポニーテイルにした美女が駆け寄ってきて、ボブ・パーソンズの腕のなかに跳び込んだ。

マクドが自分にも熱烈な歓迎があると思っているようなそぶりで、両手をドアのほうに向けた。ほかの女性がはいってこないとわかると、冗談をいった。「全員にひとりずつじゃないのか?」

美女が身を離した。「ボブ、会えてうれしいわ」

パーソンズはかなり驚いているようだった。「おれに会いたくないのかと思ってた」

「ずっと前のことじゃないの。それに、わたしのほうから別れたのよ。忘れた?」

「おれが落ち着くのを嫌がったからだろう」

「だからといって、あなたを愛するのをやめたわけじゃない」

パーソンズは、あとの五人に見られていることに突然気づいて、咳払《せきばら》いをした。

「レニ・ラベル、きみを新しい友人たちに引き合わせたいんだ」

パーソンズはひとりひとりを紹介したが、レニはパーソンズの手の包帯が気になるようだった。

「じつは、ここに来た理由はこれなんだ。おれは知らずに、多くのひとびとを病気にする計画に加担してた。その埋め合わせをしようとしてるんだ。クリスマス島に、その病気の治療に役立つと思われる木の実があるらしい。それを見つけないといけない」

「なんていう木の実?」

「ランズヤシ」

レニが、考え込みながらゆっくりといった。「この島の固有種よ。希少種でもある。国立公園のあちこちに生えているけど、わたしが知っている大規模な群生は一カ所にしかない」

「どこにあるか、教えてもらえませんか?」カブリーヨはきいた。

「わたしが案内したほうがいいわ」レニがパーソンズに笑みを向けた。「積もる話もあるから、一日休みをとったのよ」

駐車場へ歩いていくときに、カブリーヨはきいた。「あの自家用機からどういう人間がおりたか、知っていますか?」

レニが首をふった。「ここに来たときに、あなたたちの飛行機かどうかきいたの。警備員が、政府関係者みたいなひとたちが、移民収容所へ行ったといっていた。収容者をべつの施設に移すときに、ときどきそういうひとたちが来るのよ」シルヴァーのメルセデスSUVの前で、レニが立ちどまった。「わたしのGクラスを使ってちょうだい」

「全員乗れないでしょう?」

しの車を使うわ」

「無理ね。だから、友だちにここまで持ってきてもらったの。ボブとわたしは、わた

Gクラスのうしろに駐車してあった、ものすごく美しいジャガーのコンヴァーティブルを、レニが指差した。ボディは葡萄《えび》茶色、インテリアは薄茶色と赤の革で、ホイールはワイヤスポークだった。

「おお、これこそ本物の自動車だ」リンクがいった。

「わたしのおもちゃ、一九五五年型ジャガーXK140、エンジンが特殊装備で、時速二〇〇キロ出せる。きょうみたいな晴れた日には、幌《ほろ》をおろして、島中を飛ばしまくるの」

パーソンズが、カブリーヨのほうに体を傾けてささやいた。「金持ちの家の生まれだと、いわなかったかな？」

「それは省いていたぞ」

「頭がよくて、美人で、金持ち。彼女に逃げられるなんて、おれは馬鹿だった」

「まったく同感だね」

「いかが？」ジャガーの運転席に跳び乗って、レニがいった。

「行こうか」パーソンズが、助手席に大きな体を押し込んだ。

あとの五人は、メルセデスGクラスに乗った。カブリーヨが運転し、エディーが助手席に乗り、あとの三人がリアシートに乗った。

ジャガーが低いうなりをあげて発進し、ツインテイルパイプから発したエキゾーストノートがGクラスのウィンドウをびりびりふるわせた。追いつくのに、カブリーヨはアクセルをかなり踏み込まなければならなかった。

クリスマス島は、北端にフライングフィッシュ・コーヴという小さな町があるだけで、ひとの住む場所はまばらだった。まもなく二台の車は、鬱蒼《うっそう》とした熱帯雨林のなかを走っていた。

フライト中に検索したところによると、クリスマス島にはビーチがほとんどないので、旅行の目的地としては、あまり人気がない。海岸線はあらかたがごつごつした岩場だった。ここに来る観光客はたいがい、クリスマスアカガニが年に一度、繁殖期に大移動するのを見物することも含めて、生物多様性に興味を持っている。オレゴン号の乗組員たちは、二週間遅れでそれを見逃してしまったようだった。

そのほかの産業は一八〇〇年代の採石場が付属しているリン鉱山数カ所だけで、移民収容所は島の西側にある。

レニが先導して、島の曲がりくねった道路を走り、やがて鉄の跨道橋《こどうきょう》をくぐったところの道端に車をとめた。カブリーヨはそのうしろにメルセデスをとめておりた。

「車はここにとめておけばいいわ。みんなが知っている車だから、なにもされない」

レニが向きを変えて、いまくぐった跨道橋を指差した。「大移動のとき、アカガニが道路の上を渡れるように建てたのよ。そうしないと、車に踏みつぶされるから」

「いつかそれを見るために来よう」カブリーヨはいった。「ヤシ林まで、どれくらい離れているのかな？」

「はっきりとはいえない。だいぶ来ていなかったから。このあたりには車をとめられる小径の入口が何カ所かあるけど、ここがいちばん近いと思う。この小径は国立公園全体に縦横にのびているから、ヤシ林に通じている道を手分けして探さないといけない」

「わたしたちはイヤホンを使って連絡できる」

レニが車に戻るあいだに、カブリーヨとチームの面々はシャツの下に拳銃を隠し、木の実を見つけたらできるだけ多く持ち運べるように、丸めたナイロンのナップサックを十五個取り出した。

レニが先頭に立って、一行はジャングルを歩きはじめた。レニはパーソンズの怪我をしていないほうの手を握っていた。

「蟹《かに》を踏まないように気をつけて」レニがいった。「森の地面に住んでいるの。わたしたち地元民の宝物だといってもいいわ。それから、大きなハート形の葉がある低い木を見たら、触らないように」

「どうして？」レイヴンがきいた。

「それもこの島によくある植物で、螫《さ》す木と呼ばれているの。一度、葉っぱを腕でこすったことがあった。酸で火傷《やけど》みたいになる。手をこすりつけたら、何日も痛みがとれなくなるのよ」

「ジャングルは嫌いだ」リンクがつぶやき、茂みを抜けるときに両手を体にくっつけた。

小径が分かれているところに着いた。三方向にのびている。

「ここで分かれるしかない。ランズヤシはリン鉱山になるはずだった開豁地《かいかっち》にあるの。でも、木を伐採《ばっさい》したあと、鉱石が掘られることはなかった。それでいま、植物相が戻りはじめている。ランズヤシは成長が早いのよ。そうでなかったら、なかなか見つからないでしょうね」

エディーとリンクが左の小径へ進み、レイヴンとマクドが右へ進んだ。カブリーヨはレニとパーソンズとともに、そのまま直進した。

五分ほど歩くと、レニがきいた。「あなたたちはどうやって知り合ったの?」

カブリーヨがパーソンズのほうを見ると、パーソンズが切り出した。「正直にいわなければならない。おれがひどいやつらに殺されそうになったとき、ファンと彼の友人たちが助けてくれたんだ」

「あなたに怪我をさせ、おおぜいを病気にしたひとたちのことね?」

「そうだ。これは〈エンピリック〉とポート・クックでの事件と関係がある。それに、そいつらはここへ来るかもしれない。だから、木を見つけたら、きみといっしょに空港に戻って待つようにと、ファンにいわれてる」

「ぜったいに嫌」レニが反対した。「わたしの小さな島が役立つのなら、やるべきことをやりたい」

「なあ、それはやめたほうが——」パーソンズがいいかけたが、カブリーヨは片手をあげて、ふたりを立ちどまらせた。

「においがするだろう?」カブリーヨはいった。

レニが空気のにおいを嗅《か》いだ。「ガソリン?」

鬱蒼としたジャングルの自然環境にいるのに、風が運んできたのはまちがいなくガソリンのにおいだった。

52

カブリーヨがエディーに連絡して、ガソリンのにおいのことをいったとき、エディーとリンクもそれに気づいていた。前方の林にひらけたところがあり、においとともに声が聞こえた。

エディーとリンクは小径からそれて、忍び足で進んだ。エディーは、レニがいったアカガニを踏みつけそうになった。硬い殻《から》が割れる音は注意を惹くにちがいない。リンクがおなじ過ちを犯さないように、エディーはカニを指差した。

ふたりは、レニが説明した開豁地が覗ける場所まで進みつづけた。熟した実が生っている木が数十本あり、かなりの数の実がすでに地面に落ちていた。〝エネルウム〟で麻痺している患者全員に解毒剤が行き渡るくらいの数があった。

だが、開豁地に近づくにつれて、ガソリンのにおいが強くなり、その理由をエディーは見てとった。二〇メートルしか離れていないところで、ひとりの中国人がポリタンクのガソリンを木立《こだち》の近くの地面に撒《ま》いていた。その近くでさらに三個のポリタンクからガソリンが撒かれていた。

エディーとリンクが拳銃を抜いたとき、中国人がジャングルのなかにあとずさり、ポケットから円筒形のものを出した。それがなにか、エディーには見分けられなかったが、蓋をはずしてその下の部分とこすり合わせたときにわかった。

炎が噴き出した。車が故障したときなどに道路で使う発炎筒だ。ランズヤシを焼き尽くして解毒剤を製造できないようにするために、中国人はそれをガソリンで濡れている開豁地に投げようとしていた。

中国人が発煙筒を投げるために腕をふりあげた。エディーとリンクは警告せず、木立越しにその男を撃ち、一発が命中して男が倒れた。発炎筒は男の足もとの湿った地面に落ちて、ガソリンに火はつかなかった。

エディーは、開豁地の反対側で燃えあがった発炎筒に目を向けた。

ポークだった。ヤシの木立を透かして頭だけが見えていた。ポークがエディーを睨《にら》み、にやりと笑った。ポークの横に三人が散開し、いずれも拳銃を構えていた。もうひとりが開豁地の際《きわ》にいて、発炎筒を発火させた。ヤシの木立すべてを焼き払うために、いくつもの方向から火を放つつもりなのだ。

エディーとリンクは、それを阻止《そし》するために射撃を開始したが、間に合わなかった。ポークともうひとりが、発炎筒を投げた。発炎筒二本がそれぞれべつの方向に弧《こ》を描いて、開豁地に落ちた。

発炎筒が地面に着く前に、揮発《きはつ》したガソリンに火がついた。開豁地全体が炎に包まれ、すさまじい熱が沸き起こって、エディーとリンクはジャングルに戻らなければならなかった。煙が空に向けて膨れあがった。

「雨季だったのがせめてもの幸いだ」リンクがいった。「まわりの濃いジャングルに火がつくおそれはない」

ひろがる炎を透かして、エディーはポークをどうにか見分けた。ポークは自分の仕業の結果に感心しているかのように、つかのま立っていた。それから、配下に手をふってついてこいと合図し、向きを変えてジャングルに姿を消した。

開豁地を突っ切るのは不可能だったので、エディーとリンクは迂回《うかい》してポークたちを追うしかなかった。

「会長」リンクとともに繁茂《はんも》した植物のあいだを苦労して進みながら、エディーは通信装置で伝えた。「間に合わなかった。〝エネルウム〟の解毒剤の原料は、煙になってしまいました」

ポークは、絶妙のタイミングだったことに満悦していた。銃撃には不意を打たれたが、予測しておくべきだったと思った。あの連中はエイプリルと自分を何日も前から悩ませてきたが、今回は出し抜くことができた。

それでも、自分たちの車に向けて小径をたどりながら、ひとり捕虜にしたいものだと思わずにはいられなかった。作戦はまだ完了していないし、彼らがほかになにを知っているのか、まったくわかっていない。いまだに彼らは脅威なのだ。

レンジローバーをとめたところに、ポークはひとりを残していた。その方角から銃声は聞こえないので、車は無事だと判断した。

「用心しろ」できるだけ急いで、用心しながら小径を進むときに、ポークは配下に注意した。「敵はほかにもいるかもしれない」

53

レイヴンの頭上の濃い黒煙が、太陽の光を遮《さえぎ》り、ジャングルを暗くしていた。レイヴンとマクドが、小径でまた分かれ道に行き当たったとき、背後から銃声が聞こえた。炎と銃撃に向けてやみくもに駆け出したくはなかったので、レイヴンとマクドは状況報告を聞くために立ちどまった。小径の左右にそれぞれしゃがみ、なにが起きたかをエディーがカブリーヨに報告しているのを聞いた。

「ポークと配下四人がいる」エディーがいった。

「そいつらはどこへ向かってるの?」レイヴンがきいた。

「やつらは開豁地の反対側にいた」エディーが答えた。「北へ向かってる」

「それじゃ、こっちへ来るぞ」マクドがいった。「あんたたちは、ここの近くにいるのか?」

「そこへ行くまで、しばらくかかる」エディーがいった。

「このあたりには、ほかにも駐車する場所があると、レニがいっていた。やつらは自分たちの車に戻るにちがいない」カブリーヨはいった。「レニとパーソンズを連れて車に戻る。そこで落ち合って、やつらを追跡しよう」

「ポーク一味はわたしたちのそばを通る」レイヴンがいった。「待ち伏せ攻撃を仕掛ければいい」

「やめたほうがいい。敵は倍以上の人数だ。こっちへ戻れ」

「アイ、会長」

レイヴンとマクドは立ちあがったが、そのとたんにレイヴンが手をふってしゃがませた。前方に動きがあり、明るい炎を背景にシルエットが見えた。レイヴンはマクドにそれを指差して教え、ふたりとも木立の奥に隠れた。レイヴンは、注意された幅の広い葉に毒がある植物に気づき、それをよけた。

「いまはそっちへ行けない」レイヴンは高いヤシの木の蔭にしゃがんでささやいた。

「やつらがすぐ近くを通る」

「やりすごせ」カブリーヨは指示した。「できるだけ音をたてないようにあとを跟《つ》けるんだ」

四人が小径を歩いてくるのを、レイヴンは見た。拳銃を構え、敵はいないかと周囲に目を配っている。木立が邪魔なので、四人をすべて撃つのはかなり難しい。

レイヴンが四人を見張っていると、マクドの方角からグシャッという音が聞こえた。即座になんの音かわかった——ジャングルにうようよいるアカガニがブーツで踏み潰されたのだ。

レイヴンがさっとそっちを向くと、ドジを踏んだのはマクドではないとわかった。五人目がうしろから忍び寄っていたのだ。マクドを見つけて、殺そうとして接近していたにちがいない。

マクドもおなじ警報音を聞いて、ふりむき、わずか六メートル離れたところにいた男を見つけた。レイヴンが反応する前に、マクドが起きあがって、その男と撃ち合った。胸に一発が当たって男が倒れたが、銃声がポークとあとの三人の注意を惹いた。

四人がマクドの方角へ撃ちはじめ、一発がマクドの腕に当たった。マクドが倒れた。

「マクド?」通信装置で、レイヴンは呼んだ。

「おれっち、だいじょうぶっす」応答があったが、痛みをこらえているのがわかった。

レイヴンは立ちあがり、小径の男たちに向けて発砲したが、四人は側面にまわっていて、障害物なしに撃つことができなかった。

ポークと配下ふたりがマクドのところへ行き、もうひとりがレンジローバーに向かった。

「そっちでなにが起きた?」カブリーヨがきいた。

「銃撃されている」レイヴンが答えた。「マクドが撃たれた」

「リンクとわたしが行く」エディーがいった。

間に合わないだろうと、レイヴンは思った。

すこしいい争ったあと、ポークが配下にマクドを立たせるよう命じた。マクドのシャツの上を血が流れていた。ひとりが銃口を突き付けてマクドを歩かせた。ポークはあとのふたりに中国語でなにかを命じた。残って敵を始末じろと命じたにちがいない。

レイヴンは弾倉を二本しか持っておらず、一本目はほとんど空になっていた。長い銃撃戦をはじめることはできない。

レイヴンに交差射撃を浴びせるために、中国人ふたりがそれぞれ反対方向にまわった。レイヴンはひとりに向けて残弾を撃ち尽くしたが、当たらず、弾倉を交換した。

レイヴンはひとり目と自分のあいだに一本の木を挟むようにして、もうひとりに注意を集中した。繁茂する樹木越しに撃って、弾薬を無駄使いしたくなかった。ふたり目がじりじり近づいてきた。

その男が一〇メートル以内に近づいたときに、レイヴンはたてつづけに撃った。そのうちの一発が胸に命中して、男が倒れた。

ひとり目が、その隙《すき》にレイヴンめがけて突進した。レイヴンがふりむいたとき、男が藪《やぶ》を突き抜けて跳びかかった。

レイヴンは拳銃を握っている男の手首をあいている手でつかみ、男もおなじようにした。命懸けの戦闘で、がっぷり組み合った。

レイヴンは長身で力が強いが、相手もおなじ背丈で握る力が強かった。なにかを利用しなければならない。近くに螫《さ》す木があるのを思い出した。すぐ右で、二メートルしか離れていない。

レイヴンは男を横に動かして、螫す木の茂みに突っ込ませようとした。だが、男を動かすには体重を移動しなければならず、そうすると相手が力を入れやすくなる。

男がレイヴンの右足をすくい、ふたりとも地面に倒れた。螫す木の葉から数センチしか離れていない。レイヴンの手から拳銃が落ち、男が上にのしかかった。

レイヴンは両手で男の腕を握ったが、男は体の重みを使って、拳銃をじりじりとレイヴンの頭に近づけた。指を引き金にかけている。あと数秒で、レイヴンは殺される。

大きな葉が、レイヴンの顔の上にぶらさがっていた。表面の細かい毛が見えるほど近かった。

レイヴンは男を膝蹴りし、男が前のめりになって、葉が顔をこすった。男がぞっとするような悲鳴をあげて立ちあがり、痛む顔をかきむしった。レイヴンは横に転がって拳銃を拾った。男の目の焦点が合う前に、額《ひたい》に一発撃ち込み、苦しみを終わらせてやった。

螫《さ》す木に近づかないように注意しながら、レイヴンはさっと起きあがり、マクドのあとを追って小径を走った。

前方の木立を透かして、道路が見えた。レンジローバーが二台とまっていた。ポークの配下ふたりが、ブースターコードを使ってマクドの手をうしろで縛っていた。レイヴンは拳銃を構えたが、障害物なしに撃つことはできなかった。

マクドがレンジローバーに押し込まれ、ポークが運転席に乗り、配下ひとりが後部に乗った。もうひとりは先頭の車の運転席に乗った。レイヴンが道路に出たとき、二台とも発進した。レイヴンが二発放ったところで、弾薬が尽きた。レンジローバーが横滑りしながら角をまわり、見えなくなった。方角を見誤っていなければ、ポークの車は一分後にカブリーヨが車をとめた場所を通過する。

「会長」レイヴンはイヤホンで伝えた。「ポークがマクドを捕まえている。レンジローバー二台で、そっちに向かっている」

54

カブリーヨは道路に戻ろうと全速力で走り、レニとパーソンズがそのうしろから追いつこうとしていた。

「ゴメス、受信しているか?」走りながら、カブリーヨはいった。

「聞いていますよ、会長」

「そっちの状況は?」

「いま給油しています。十分で離陸できます」

「自家用ジェット機はどうしている?」

「滑走路に向けて地上走行《タキシング》しています」

「妨害できるか?」

「離陸できないようにですか?」ゴメスがきいた。

「ティルトローター機を使って」

「彼らが滑走路の端でどれくらい待っているかによりますね。もうそこまで行きかけているので」

カブリーヨがアカガニ用跨道橋に背を向けて道路に駆け出したとき、レンジローバー二台がまっすぐ走ってくるのが見えた。カブリーヨは拳銃を抜いた。マクドはどちらか一台の後部に乗せられているはずなので、通過するときに運転手を撃ち倒すのが最善の策だった。

カブリーヨは、レニのメルセデスGクラスの蔭に立ち、先頭のレンジローバーの運転手に狙いをつけた。まだ顔を見分けることができなかったし、マクドがどちらに乗っているかもわからないので、射線に注意して照準しなければならない。流れ弾《だま》がマクドに当たるような危険は冒せない。

レンジローバー二台は、車間をかなり詰めて、高速で走っていた。先頭の一台が近づくと、運転しているのがポークではなく中国人だとわかった。カブリーヨは狙いをつけて、すばやく三発放った。

一発が運転手に当たり、レンジローバーが道路からそれた。同時に、二台目をポークが運転しているのが見えた。レンジローバーがすさまじい速さで通り過ぎるときに一発放ったが、当たらなかった。リアシートでマクドがひとりに見張られて顔をゆがめているのが見えた。

運転手が死んだ先頭のレンジローバーは、アカガニ用跨道橋の端にぶつかって基部とつながっている部分を壊し、ひっくりかえって林に突っ込んだ。

支えるのが片方の基部だけになった跨道橋が倒れたが、きわどいところでポークのレンジローバーは下を潜《くぐ》り抜けた。跨道橋が道路の上に斜めに乗り、通り抜けられるところは高さが一三〇センチしかなかった。メルセデスGクラスでは、そこを潜って追跡することはできない。

ブロロロロという爆音が、カブリーヨのうしろから聞こえた。ふりむくと、レニがタイヤを鳴らして車高の低いジャガーをそばにとめていた。

「乗って」レニがいって、倒壊した橋の狭い隙間を指差した。「これならあそこを通れる」

「そんなことは頼めない――」

「メルセデスで逆方向にまわって追いつくには、倍の距離、走らないといけない」パーソンズが、うしろから走ってきて叫んだ。「それに、あんたは銃を持ってる。彼女は、ノーという答は受け付けないよ。ほんとに」

カブリーヨは、いい合うのをやめて、ドアの上から跳び乗った。カブリーヨがシートに座る前に、レニがジャガーを発進させた。

レニがエンジンをふかすと、ジャガーはまるで大砲から飛び出す弾丸のように加速した。ブリッジの残骸を巧みによけて通り抜けると、レンジローバーに追いつくために、レニがアクセルをめいっぱい踏み込んだ。

「空港まで行く道順はいくつあるんだ？」

「ふたつだけ。でも、あいつらは海岸沿いの風景のいいルートは通らないでしょうね」

速度計はすでに時速一四五キロメートルに近づいていた。このペースだと、数分で小さな島を横断してしまいそうだ。

「こんなことをやってくれて、ありがとう」新しい弾倉に交換しながら、カブリーヨは殺到する風に負けない大声でいった。

「わたしたちの島をめちゃめちゃにしたやつらを逃がしはしない」

ジャガーが悲鳴をあげて角を曲がり、長い直線道路に出た。レンジローバーは八〇〇メートル前方だった。レニがギヤを巧みに入れ替えて、時速一六〇キロメートルをゆうに超える速度を出した。

キャビン越しに撃ってマクドに当たる危険を冒すことはできないので、カブリーヨはタイヤを狙うことにした。レンジローバーの速度が落ちれば、エディーやリンクたちが追いつけるはずだった。

そのとき、ポークのレンジローバーは、対向車のせいで減速しなければならなくなり、ジャガーは距離を詰めた。車数台分に距離が縮まったとき、マクドを見張っていた男が、カブリーヨたちに向けて撃ちはじめた。

マクドがその男に体当たりし、狙いをそらしたので、レニはなんなく銃弾を避《よ》けることができた。カブリーヨは横に身を乗り出して、レンジローバーの右リアタイヤに慎重に狙いをつけた。一発放ち、タイヤからぱっと空気が漏れるのが見えた。直撃だった。

だが、なにも起こらなかった。ゴムが裂けることもなく、タイヤもしぼまなかった。

「命中したのに」レニが唖然《あぜん》としていった。「どうしてだめだったの?」

「ランフラット・タイヤにちがいない」カブリーヨはいった。「やつらが空港に着くまで、停止させるのは無理だ。飛行機が離陸するのを阻止するほかに、方法はない」

「必要とあれば、降着装置にぶつけるわよ」

カブリーヨの拳銃の弾薬は、まだ半分残っていた。「そうならないことを願おう」

二台は直線道路の終点に達した。

「空港入口は、このカーブの一キロメートル先よ」レニがいった。

だが、レンジローバーは左側のその道路には進まず、不意に右折して、フェンスを突き破り、未舗装路に出た。

「どうしてあっちに行くのかしら？」速度を落としながら、レニが不思議そうにいった。

「あっちにはなにがある？」

「古いリン鉱山。空港ができてから、廃鉱になった」

朝に着陸するときに、空からそれを見たことを、カブリーヨは思い出した。

「その鉱山は滑走路の端にある。追いかけてくれ」

レニが、ジャガーを未舗装路に入れた。レンジローバーが舞いあがらせた土煙が立ち込めていた。何度か曲がりながら追ううちに、重機向けの岩だらけの通路になった。古いジャガーではとうてい進めない。

レニがジャガーをとめ、土煙を透かして、レンジローバーが低木の茂みを踏み潰して通った跡が見えた。カブリーヨは跳びおりて、そこを走っていった。

茂みの向こう側に出ると、自家用ジェット機が一〇〇メートル前方の滑走路の端でエンジンを緩速運転《アイドリング》させてとまっているのが見えた。レンジローバーが横滑りしてそのそばに停止し、マクドがひっぱり出されて、ポークともうひとりに押されて手荒くタラップを昇らされた。遠くの空港ターミナル近くでティルトローター機のプロペラが回転していたが、回転があがって離陸できるようになるまで、まだ何秒かかかりそうだった。

自家用ジェット機の昇降口が閉じて、双発のエンジンがうなり、推力全開になった。カブリーヨは芝生の上を必死で駆け出したが、距離があるのでまともな射撃はできない。カブリーヨが近づく前に、ジェット機はレンジローバーを置き去りにして、滑走路を走りはじめた。離陸すると、ジェット機は東に向けて旋回した。それが低い雲の層にはいって見えなくなるのを、カブリーヨは見守った。

けさティルトローター機で到着したとき、体が麻痺しているマーフィーやそのほかの患者を治療するのに不可欠な原料を見つけられると期待して、チームは明るい雰囲気だった。それがいま、解毒剤を製造する見込みがなくなっただけではなく、マクドが捕虜になってしまった。

カブリーヨは、そう簡単にあきらめるような人間ではないし、期待を抱く根拠もあった。オレゴン号の乗組員はすべて、こういう不測の事態に備えて、GPS追跡装置を太腿に埋め込まれている。それが作動すれば、小さなチップが一分ごとに位置を示す電波を発信する。

ポークがマクドを連れていく場所を、精確に突き止めることができる。

55

ポークのガルフストリーム自家用ジェット機が巡航高度に達したときには、マクドの撃たれた腕に中国人が包帯を巻いていた。その間ずっと、ポークが拳銃でマクドに狙いをつけていた。応急手当てが終わると、マクドの両手はふたたびうしろで縛られ、マクドが中国人に北京《ペキン》語でなにかをいった。マクドは腕を動かして顔をしかめたが、もっとひどい目に遭ったこともあった。

「あんたらはすごく親切だから、この傷を縫ってくれるんだろうな」マクドはいった。「あんたらがそれをやってるあいだ、おれっちはミモザ（シャンパンとオレンジジュースのカクテル）と〈バイコディン〉（麻薬系鎮痛薬）を飲んでるよ」

ポークが拳銃の銃口をそらし、向かいの座席にもたれた。「弾丸はおまえの肩の筋肉を貫通したと、こいつがいってる。目的地に到着したら縫合する必要があるだろう。それまで、機内を血だらけにしてほしくない」

マクドは、窓の外を見たが、海しか見えなかった。太陽の方角から判断して、東へ向かっているようだった。

「で、おれたちの目的地は？」

「孤絶したところだ」

「そこまで追跡されるだろうな」

ポークは首をふった。「トランスポンダーを切ってあるから、そうはいかない」身を乗り出した。「それじゃ、最初の質問だ。おまえは何者で、だれに雇われてる？」

マクドは、どう答えようかと考えながら、ポークを見据えた。オレゴン号が追跡しているのはわかっているから、助けがくるまで生き延びなければならない。解毒剤の秘密の原料が燃やされてしまったので、マーフィーの体をもとどおりにするには、チンとポークが解毒剤を製造していることに賭けて、〈コーポレーション〉がふたりを発見するのが最後の頼みの綱だ。

沈黙がかなり長くつづいたので、ポークがいった。「おまえの傷に包帯を巻いてやったが、だからといって知りたいことを聞き出すのに拷問《ごうもん》しないとは限らない」

「それじゃなんにもならないだろうね」マクドは、時間稼ぎの戦術を頭のなかで組み立てながらいった。

「どうしてだ、タフガイ？」

「おれっちはタフだけど、だれだって拷問されたらくじける。ちがう。そういうことじゃないんだ。レインジャー訓練所に行ったからわかるんだけど、だれだって拷問をやめてもらうためにしゃべりだす。でも、それがほんとうかどうか、たしかめようがないのさ」

「やってみてもいい」

「そんなことをしなくても、あんたが知りたいことを、よろこんで話すっていってるんだよ。名前はマクド・ローレス。〈コーポレーション〉っていう組織に雇われてる」

ポークが、それを聞いてくすくすわらった。「企業《コーポレーション》か。もっと具体的にいえないのか？」

「ちがう。そういう名称なんだ。おれたちは傭兵《ようへい》だから、わざとぼかしてるんだよ」

「アメリカ政府に雇われてるんじゃないのか？」

「だれでも金を出す人間に雇われる」

「それじゃ、おれたちの作戦を妨害するのに、だれに雇われてるんだ？」

ここからは用心する必要があると、マクドは思った。うまい嘘は、事実に近くなければならない。だが、真っ赤な嘘をつかなければならない。

「妨害だって？　おれたちはあんたたちに成功してほしいと思ってる」

「わけがわからないことをいうな。おまえらは何日もおれたちと戦ってるじゃないか。ヌランベイの工場、〈マローダー〉とノレゴ号の海戦、今回のクリスマス島」

「すべてリュ・イァンが原因だよ」

　ポークの目が鋭くなった。「なにがいいたい？」

「リュはいろいろやってたが、武器商人でもあった。あんたらが〝エネルウム〟を手に入れたのは、リュのおかげだろう。ちがうか？　で、おれたちはリュと競合する人間に雇われて、処方箋《しょほうせん》を探してるのさ。あんたらがそのちょっとした兵器を独占できないように」

「しかし、われわれに成功してほしい。そういったな」

「解毒剤があるってわかったとき、兵器そのものよりそのほうが値打ちがあるんじゃないかと思った。だから、解毒剤を開発しはじめた。それに、あんたらがまた攻撃をやったら、解毒剤の値打ちがもっとあがる」

　ポークが、疑うような顔をした。「それじゃ、売るために解毒剤を探してるのか？」

「あたりまえだろ。おれたちは金のためにやってるんだ」

「当局に雇われてないと、どうしてわかる？」

マクドは、いらだたしげに溜息をついた。「おれたちがやり合ったとき、軍や警察を見かけたか？　おれたちは、あんたらとおなじように、できるだけそういうやつらを避けてるんだ」

ポークが、マクドの話について考え、迷っているようだった。「信じられない。なにか役に立つ話をしろ」

「わかった」マクドはいった。「おれたちの船を見ただろ？　ノレゴ号についてなにが知りたい？」

「どういう兵器がある？」

マクドはまず、エイプリル・チンが戦闘中に見たものから話した。「対空レーザー、カシュタン連装ガットリング機関砲、カウンター・イルミネーション塗装（海洋生物などが、背景の光と似た光を発してカムフラージュすること）」そのあとは、旧オレゴン号の装備を列挙した。「一二〇ミリ砲、魚雷、対艦ミサイル。スパイ船じゃない。戦闘艦だ」

「アメリカで建造されたんだろう」

「滅相《めっそう》もない。ユーリ・ボロディン提督が仕切っていたウラジオストックのロシア海軍工廠《こうしょう》で建造された。あいにくボロディンはすこし前に死んだから、彼にファクトチェックすることはできない」

すべて事実だったが、エイプリル・チンが戦った新オレゴン号のことではない。ロシアで建造されたのは旧オレゴン号なのだ。

「おれたちの作戦について、なにを知っている？」ポークはきいた。

「例のガスをしこたま持ってること。ボブ・パーソンズからその情報を聞いた」

「工場のことを、どうやって知った？」

「おれたちには、優秀なテクノロジー担当がいる。アロイ・ボーキサイトとリュの結び付きを突き止めた」

「おれたちの今後の計画については？」

マクドは肩をすくめた。「あんたらのターゲットは知らない。おれっちは下っ端の兵隊だ。なにもかも教えてもらえるわけじゃない」

「解毒剤がないのに、どうしておれたちの作戦が成功するほうがいいんだ？」

「解毒剤の製法はわかってる。それだけでも闇市場《やみしじょう》でかなりの値打ちがあるだろう。おれっちのボスは、あんたらとビジネスの取引をしたいだろうね。あんたらはいまやってることをやり、おれたちは適切な人間とあんたらをつなぎ、売買の手数料をもらう。それなりの報酬がもらえれば、ボスはあんたらの任務を手伝うかもしれないよ」

「そいつにどうやって連絡すればいい？」

「どこだか知らないが目的地に着いて、傷を縫ってくれて、温かい食べ物を食べさせてくれたら、だれに電話すればいいか教える」

「名前をいえ」

「それはだめだ。会長と呼べばいい」

「そいつが取引に応じなかったら？」ポークはきいた。

「ボスが興味を示さないと思ってたら、こんな話はしないよ」マクドはいった。あとはポークがどこまで信じるかに左右されるとわかっていた。「それが考えちがいだったら、おれっちは用なしだね」

ポークがうなずいた。「おまえの言葉でまちがいないと思えるのは、それだけだ」

56

火災と死体は、クリスマス島にたいへんな騒ぎを引き起こしたが、カブリーヨとその仲間は自分の友人で、事件の前に到着したのは偶然だったと、レニ・ラベルが当局を納得させた。それに、死体が中国人らしく、彼らが乗ってきたジェット機が離陸許可を得ずに飛び立ち、滑走路にSUV一台が残されたため、地元警察はそういったことすべての捜査に追われ、カブリーヨたちに注意を向けているひまはなかった。

空港のターミナルで、カブリーヨはレニとボブ・パーソンズに別れの挨拶《あいさつ》をした。チームのあとのものはメルセデスで戻ってきて、ティルトローター機の機内でカブリーヨを待っていた。

「いろいろと手伝ってくれてありがとう」カブリーヨは、パーソンズにいった。「ほんとうにどこかへ送っていかなくてもいいのか?」

パーソンズが、レニの顔を見て首をふった。「積もる話もあるし、ここに残るよ。

それに、いまはほかに行く当てもないんだ」

「ランズヤシの木をべつのところで探すわ」レニがいった。「希少なんだけど、実が生っているのを見つけたら、連絡する」

「マクドのことは気の毒だったな」パーソンズがいった。「取り戻せることを願ってる」

「わたしもだ」カブリーヨはいった。「それに、あなたの島が傷つくようなことになって残念だ」

「さいわい、乾季じゃないし、火事はもう消えた」レニがいった。「大地は回復する。つねにそうなの。これから何年も、このあたりで語り草になるでしょうね」

カブリーヨはさよならをいい、レニとパーソンズが手をつないで駐車場へ歩いていくのを見送った。

カブリーヨはティルトローター機に向かった。カブリーヨが乗機するとすぐに、ゴメスがティルトローター機を離陸させた。

レイヴン、リンク、エディーは、しょげてはいなかった。激怒していた。

「マクドが捕まったのは、わたしのせいよ、会長」レイヴンがいった。「わたしたちに忍び寄っていた男に気がつかなかった」

「だれのせいでもない。ポークが悪いんだ」カブリーヨはいった。「マクドを取り戻すことに集中しよう。ポークは、わたしたちが何者か情報を知りたいか、あるいは交渉の切り札に使うために、マクドを連れていったんだ。つまり、しばらくのあいだマクドを生かしておくにちがいない」

「それじゃ、早く行動を開始しないと」

「どこへ連れていくのか、見当はついているんですか?」エディーがきいた。

「じきにわかる。わかったら救出する方法を練らないといけない」

「解毒剤のほうはどうします?」リンクがきいた。「ランズヤシの実はすべて焼かれてしまった。解毒剤を使う期限があるっていうのがほんとうなら、マーフィーやあとの患者たちにはあまり時間が残されてない」

「望みはあると思う。チンとポークが解毒剤の処方を握っているのには、理由があるはずだ。もしかすると目的があって製造したかもしれない。オレゴン号まで戻るフライトのあいだに食事をして、すこし睡眠をとったほうがいい。いまから大晦日まで、ものすごく忙しくなるかもしれない」

カブリーヨは、クーラーボックスからサンドイッチをふたつ出して、コクピットへ行った。ティルトローター機を自動操縦に切り換えていたゴメスに、ひとつを渡した。

「ありがとう、会長」ゴメスがいった。「ガルフストリームが離陸する前に飛び立って、行く手を遮ることができたらよかったんですが」

「それでもだめだったかもしれない。ポークは自分が行くところをすべて破壊してきた。なにをしでかすか、わかったものじゃない」

カブリーヨはヘッドセットをかけて、マックスに連絡し、クリスマス島で起きたことを話した。

カブリーヨの話が終わると、マックスがいった。「解毒剤が手にはいらなかったとマーフィーにいうのはつらいな」

「まだ見込みはある。チンとポークを見つければ。ランズヤシがある場所を正確に知っていたことからして、彼らが解毒剤を製造していた可能性がある」

「それじゃ、ふたりもしくはどちらかを生け捕りにしなければならない」

「そういう計画だ」カブリーヨはいった。「それに、やつらを見つけられる方法があるかもしれない。マクドの発信機を追跡しているか？」

「ああ。ティモール海を東に移動してる。おれたちの真上を通るかもしれない」

「わたしたちは追いつけない。ガルフストリームはこのティルトローター機の倍の速度で飛べる。いまどこにいる？」

「トリマランがクイーンズランドの北でトレス海峡を通ったという情報をつかんだ。それで、そっちへ向かってる。もうじきそこに着くが、むろん〈マローダー〉はとっくにいなくなってるだろう。太平洋を通って、オーストラリア東岸を南下してるかもしれない。あるいは北のフィリピンへ向かっているか」

「やつらの作戦はすべてオーストラリアを中心にしていたから、近くにいると思う」

「大晦日まで三日しかないぞ」マックスがいった。「やつらのターゲットはなんだと思う?」

「それは懸賞金百万ドルの質問だ。チンとポークを生かしておきたいのも、それがわからないからだ。ふたりのうちひとりを捕らえれば、〝エネルウム〟・ガスをどこでどうやって使うか、しゃべらせることができる」

「〈シェパートン〉に化《ば》けていた船のほんとうの船名がわかるといいんだが」

「そっちのほうは、目と耳をそばだてていてほしいと、ラングに頼んでおいた」

なんらかのキーワードによって、通信網に突然現われたその貨物船に関する手がかりが見つかれば、ラングストン・オーヴァーホルトが知らせるはずだった。

「それじゃ、マクドの位置発信機を頼りに進めていくしかない」マックスがかなり不満げにいった。

「リンダがチンを呼び出すのに使った衛星携帯電話の番号がある」カブリーヨはいった。「エリック、マーフィー、シルヴィアに、追跡するようにいってくれ」

「もうやったが、行き止まりだ。信号は衛星十二基を経由し、エンドユーザーがどこにいるのか、わからないようにしてあった」

「心配するな」カブリーヨはいった。「マクドのことはよく知っている。いまごろは突拍子もない話でポークをやきもきさせているにちがいない。遅かれ早かれ、向こうから連絡してくるだろう」

57

クイーンズランド、マーウッド島

〈マローダー〉で母港にはいっていったエイプリル・チンは、リュがそのために選んだ基地にようやく戻ることができて、ほっとしていた。航海中に開始したプラズマ・キャノンの修理を完了できるだけではなく、捕虜を連れて前日に到着した夫とも会える。

マーウッド島は、クイーンズランド中央沿岸沖のホイットサンディ群島の近くにあり、第二次世界大戦中は海軍基地だった。その後、放置されていたのをリュが買って改造した。ミッキー・マウスの顔の形をした島には、口に当たる部分に円形の港があり、顎が狭い港口になっている。

一年中好天が多く、グレート・バリア・リーフに護られているおかげで海が穏やかなので、基地にはうってつけだった。島の大部分は山地だが、ミッキー・マウスの左頬の低山のあいだがかなり広く、そこに修復された滑走路がある。いっぽうの突き当たりは海に抜けていて、反対側は船渠《ドック》に近い。ミッキーの鼻にはコンクリートの建物群があり、基地の兵舎やその他の施設に使われている。両耳はユーカリとナンヨウスギの林に覆われた峰《みね》だった。

ガルフストリームは、滑走路の端で車輪止め《チヨック》をかけられ、トリマランの修理を終えるために、全地形型車両《ATV》に乗った男たちが装備をドックに運んでいった。〈マローダー〉をドックに繋船《けいせん》したエイプリルは、ポークがどこにいるかをたずねた。そのままメインオフィスがある建物へ行った。

ポークはこちらに背を向けてノートパソコンを見ていた。エイプリルは戸口にもたれた。

「忙しくて、帰ってきたトリマランまで自分の奥さんを出迎えられないっていうわけ？」

ポークがふりむき、エイプリルを見て笑みを浮かべると、駆け寄ってキスをした。

「あすの晩のシドニーの天気をたしかめてた。暑くて乾燥してる。作戦には完璧《かんぺき》だ」

「ラスマンは位置についたの？」

「念のために、おまえも〝エネルウム〟・ガス手投げ弾を何発か持っていってくれ」ヌランベイの工場で、科学者たちを実験台にして手投げ弾型をテストし、有効だとわかっていた。

「クリスマス島でそれがあれば、かなり役立っていたのに」ポークがいった。「おれも何発か飛行機に積む。リュの計画をどう思う？　オーストラリアがそんなに早く、中国に百万人もの応援を依頼するだろうか」

「攻撃のニュース報道に反応するように、リュはほかにも誘引を仕掛けているんでしょう。でも、それはわたしたちが悩むことじゃない」

「攻撃はリュの遺産にどういう影響があるかな？」

「ちょっと見ましょう」

ふたりともパスワードを暗記していたが、口座番号はあまりにも長いので、ポークは携帯電話のメモ帳アプリからコピーせざるをえなかった。その情報を暗号通貨のオンライン・プラットホームに打ち込んだ。

「残高は九億八千万に増えてる」ポークはいった。

「攻撃後はもっと値上がりするかもしれない」エイプリルはいった。「テロ事件が起きると、みんな株式市場からお金を引きあげて、よそにまわすものよ」

「そうならなくても、ガルフストリームに積んである解毒剤で儲《もう》けられる」

「マクドという男のこと、なにかわかった？」

「ほんとうにアメリカ陸軍レインジャーだったことが確認できた」

「彼が会長とやらに電話する前に、話がしたい」

「防空壕《ぼうくうごう》に入れてある。連れてこさせる」ポークは、配下ふたりに、マクドを連れてくるよう命じた。

「いつシドニーに向かうの？」

「二、三時間後だ」ポークはいった。「ほんとうはいっしょに行きたい」

「わたしもだけど、この修理を終えなければならない。今夜、出発するわ。花火が見られるようにシドニー港に着きたい」

計画では、ポークが〈ケンタウルス〉に乗って準備を完了することになっていた。ガスを発射したあと、〈マローダー〉に乗り移る。

「解毒剤についてはどう？」エイプリルはきいた。

「あの男の話を信用していいかどうか、わからない。解毒剤を分けたほうがいいかもしれない。おれが〈ケンタウルス〉に半分くらい持っていき、あとの半分は〈マローダー〉に積む」

「賢明な手立てね」

エイプリルがふりかえると、はっとするような美男子を見張りが連れてきた。男の左肩の包帯が血まみれになっている。エイプリルがうなずくと、見張りふたりが男を椅子に座らせた。

「あんたがマクドね」エイプリルはいった。

「世界でたったひとりさ」

「あんたのボス、わたしに何度も電話をかけてきたみたい」

「おれっちはあんたの旦那に、ボスがあんたらと取引するだろうっていう話をした」

「取引すれば手を引くっていうこと？」

マクドは首をふった。「おれたちはみかじめ料をとってるギャングじゃない。会長は世界中に人脈がある。あんたらのために市場を提供できる」

「なんの市場？」

マクドは、肩をすくめた。「プラズマ兵器、〝エネルウム〟・ガス、あんたらが持ってる解毒剤。売りたいものならなんでも」

「すぐにわかるわ」

エイプリルは、衛星携帯電話を出した。「二日前にわたしが船長代理と話をしたときからずっと、発信者の番号が隠されてた。どうやってあんたの会長に連絡すればいいの？」

マクドは番号を教えた。

「スピーカーホンにする」エイプリルは、マクドをじろりとにらんだ。「わたしの許可なくひとことでもいったら、あんたを殺す。わかったわね？」

「合点《がってん》承知の介《すけ》」マクドはいった。

エイプリルが、マクドの教えた番号をダイヤルした。

「エイプリル・チンかな？」応答があった。

「そうよ。会長なのね？」

「そのとおり」

「あんたの手下のマクドがここにいて、ビジネスの提案にあんたが興味あるかもしれないといってる」

「かもしれない」

「その話をはじめる前にいっとくけど、名前も知らない相手とビジネスはやらないのよ」

「ファン・カブリーヨ、ノレゴ号船長」

「教えて、ファン。どうしてわたしたちを付け狙ってるの？」

「どうして付け狙ってると思ったんだ？」

「それじゃ、どうして何度もぶつかり合うわけ？」

「わたしたちが欲しいものを、あんたたちが持っているからだ」

「〝エネルウム〟？」エイプリルはきいた。

「それと解毒剤。われわれはどうやら、どちらも手に入れられなかったようなんだ」

「マクドは、わたしたちの製品の市場をあんたが用意してくれるといってる」

「闇市場で高値がつくだろうね」カブリーヨはいった。「もちろん、無用の注意を惹かないように輸送するのは厄介《やっかい》だが」

「興味をそそられる提案ね。よく聞いて。わたしたちはこれから二日ぐらい、すごく忙しいの。新年になってから、あらためて取引の話をしましょう」

「わたしの手下は？」

「預かっておくわ。あんたが彼をどれくらいだいじに思ってるのかわからないけど、ちゃんとした儲け話だと確実にわかるまで、人質がいても悪くない。また邪魔したら、彼を殺す。バイバイ」

エイプリルは電話を切った。

「いったとおりだろ」マクドが、にやにや笑いながらいった。

「安心するのはまだ早い」ポークがいった。「おまえがこの島から出るのは、カブリーヨ船長がおまえのためにひと肌脱いで《カム・スルー・フォー・ユー》からだ」マクドを監房に戻せと、見張りに合図した。

「会長はまちがいなくやってくる《カム・スルー》」マクドが肩越しにべつの意味で同じ言葉をいい、出ていった。「おれっちが保証する」

58

カブリーヨが電話でエイプリル・チンと話をしてから八時間後に、オレゴン号はマーウッド島に北から接近していた。マクドの位置発信機がそこへ導いたのだ。信号がふたたび早く移動しはじめて、飛行機に戻されたことを示しているのではないかと、カブリーヨは心配していた。だが、信号は島から離れなかった。というより、信号をまったく受信できなくなっていた。第二次世界大戦中の基地の建物群を、カブリーヨたちは衛星画像で見ていたが、そういった施設の地下か電波を遮るような部屋に入れられているのだろう。

建物群の位置関係を知るために上陸して偵察することはできないし、当時の設計図もないので、リアルタイム情報が必要だった。カブリーヨはオプ・センターの指揮官席で、発見されないようにゴメスが木立すれすれを飛行させているドローンの動画を、メイン・スクリーンで見ていた。港の映像も斜めに捉えていた。

「〈マローダー〉がドック入りしてる」兵装ステーションからシルヴィアがいった。数日前から、マーフィーがシルヴィアを訓練して、オレゴン号の兵装システムの使いかたを手ほどきしていた。手が足りないときにマーフィーの代理がつとまるようにするためだったが、だれもが驚いたことに、シルヴィアはレイルガンとレーザーの運用の基本に早くも習熟していた。

「だが、ガルフストリームが見えない」シルヴィアのとなりの席から、マーフィーがいった。

操舵ステーションのエリックがいった。「つまり、ポークがいないってことかな？ ガルフストリームは、これまでずっとポークが操縦してた」

「どちらかひとりを捕まえればいいだけだ」カブリーヨはいった。「ゴメス、赤外線カメラに切り換えて、〈マローダー〉が熱を発しているかどうか見よう」

スクリーンが黒と白に変わった。トリマランの船体の二カ所で、花が咲くように熱源がひろがった。

「船体中央の熱い部分は、プラズマ・キャノンに充電してるのよ」シルヴィアがいった。

「船尾のほうは機関だ」エリックがいった。「どうやら出発しそうだな」

「それなら、エイプリル・チンを捕まえられるチャンスだ」カブリーヨはいった。「彼女が〈マローダー〉を指揮するはずだ」

マーウッド島が目的地だとわかった時点で、カブリーヨたちは二段階の計画を立てた。第一段階はマクドを救出することだ。マックスがすでに〈ゲイター〉で島の西側へ行っている。ミッキー・マウスの両耳のあいだに狭いビーチがある。エディーがそこからレイヴン、リンダ、リンクを率いて、沈む夕陽の方角から基地を目指す。マクドが監禁されている建物に忍び込み、連れ出して、だれにも見つからないように来た経路をひきかえす。

作戦の第二段階では、カブリーヨが、オレゴン号では機動を行ないづらい狭い港から、チンと〈マローダー〉を誘い出す。トリマランが安全な港から出てきたら、シルヴィアはレイルガンで〈マローダー〉を航行不能にして、エイプリル・チンを降伏させ、自白剤を使って訊問する。まもなく行なわれる〝エネルウム〟・ガスを使う作戦について、知りたいことをすべて聞き出す。

低い山の蔭になっていて、建物群や港からは見えないように、オレゴン号はマーウッド島の滑走路東端の位置を維持していた。

「ストーニー」カブリーヨはいった。「港口に向けて回頭する準備をしろ」

「了解です」エリックが答えた。

カブリーヨは、エイプリル・チンがプラズマ・キャノンを使用する前に、レイルガンから数発を好きなように発射できることを願っていた。

カブリーヨは、ハリのほうを向いた。「マックスに、作戦を開始しろと伝えてくれ」


リンダ、レイヴン、リンクとおなじグリーンの森林用迷彩服を着たエディーが、チームに装備の最終点検を命じたとき、マックスがコクピットから四人のほうを見た。

「カブリーヨが、位置についたといってる。用意はいいか？」

通信装置が機能していることを四人が確認し、エディーがいった。「潜入する」

この任務で肝心なのは隠密性《おんみつ》だった。基地の建物群の手前数百メートルで、遮掩《カヴァー》に使える樹木がなくなるし、まだ明るいなかで見通しがきく広い場所を通らなければならない。エディー、リンダ、リンクは、サプレッサー付きのＭ４アサルト・カービンを持っているが、銃声が響けば、侵入者がいることが施設全体に知られてしまう。〈ダハール〉と〈シェパートン〉への襲撃で、限られた量の麻酔剤をかなり使ってしまい、ダート数本分しか残っていなかった。そこで、リンクはアサルト・カービンに加えて、ダートガンではなく麻酔弾を発射できるライフルを持っていた。そのほうが射程が長いし、建物と自分たちのあいだに警備員がいれば、それで無力化すればいい。レイヴンは銃ではなくマクドのクロスボウを持っていた。

警備員を麻酔弾でおとなしくさせたあとは、ひとりを訊問して、マクドが監禁されている場所を見つければいいだけだった。迅速《じんそく》にやることがきわめて重要だった。警備員がいなくなったら、銃声とおなじように警戒される。

マックスは〈ゲイター〉を岸に近づけ、だれも見ていないことを確認してから浮上させた。できるだけビーチに近づけた。チームがおりて、岸まで歩いていった。〈ゲイター〉は深いところにひきかえして水中に潜り、チームが戻ってくるまで、マックスはそこで待つ。

夕陽がチームのうしろで沈みはじめた。うまくタイミングが合えば、彼らが木立から出てくるのを逆光のなかで見つけるのは難しいだろう。

「進め」エディーはいった。

ドローンによる偵察では、島のこちら側は警備されていないようだった。それでも、四人は人体感知装置《モーション・ディテクター》やカメラがないかと目を配りながら、用心深く森を抜けて斜面を登っていった。

尾根の頂上に出ると、眼下の港に向けてひろびろとした眺望がひろがった。エディーが双眼鏡を使って、警備員の動きを観察した。積極的なパトロールを行なっているようには見えなかった。装備を倉庫からトリマランに運ぶ作業に追われているらしく、金属のぶつかる音や北京語の大声の指示が、山腹を伝わってきた。

「出発する準備をしているようだ」エディーはいった。「急がないといけない」

四人は尾根を駆けおりて、九棟ある建物群にもっとも近い木立へ行った。

ドックからもっとも遠い建物の脇で、ひとりの男が壁にもたれて煙草を吸い、休憩していた。建物の角に達して男を倒すことができれば、建物群まで安全に行ける。

四人は、リンクが距離一〇〇ヤードで障害物なしに撃てるところまで木立伝いに移動した。リンクが望遠照準器《スコープ》を覗き、息をとめて狙いをつけた。

リンクが引き金を引き、プシュッという音がして、エア・カートリッジが作動した。警備員が、ダートが刺さった胸を押さえた。煙草を落とし、地面にくずおれた。

エディーはいった。「行くぞ」

四人はふたりずつ組んで、見通しのいいところを全速力で突っ切った。麻酔銃で撃った警備員のそばまで行ったとき、べつの警備員が建物の角をまわってきた。ライフルを両手で持っていた。物音を聞きつけて、調べにきたのだ。

四人が走ってくるのを見た警備員が、ライフルを構えて撃とうとした。レイヴンが立ちどまり、クロスボウで速射した。警備員が引き金を引く前に、その頬を矢が貫いた。

リンクが、警備員の死体を、まだ生きているもうひとりのほうへひきずっていき、エディーがそこでひざまずいた。

「捕虜はどこだ?」エディーは北京語できいた。

「アメリカ人は本部ビルにいる」まわらない舌で、警備員が答えた。目が閉じそうになっている。「そのビルのどこだ?」

「地下の防空壕」

エディーは、三人にそれを伝えた。

「それで信号が届かないのね」リンダがいった。

「おまえのほかに、警備員が何人いる?」エディーはきいた。

「二十二人」警備員が答えた。「何人かはもう〈マローダー〉に乗ってる」

「なぜだ?」

「どこへ行くのか知らないが、十五分後に島を離れるからだ」

59

〈マローダー〉の修理は、エイプリルの予想よりも早く終わったし、出航準備は整い、二度とマーウッド島には戻らないつもりだった。シドニーで仕事を終えたら、南シナ海の海南島《ハイナン》へ行く。〈マローダー〉とプラズマ・キャノンは、国外逃亡犯引き渡しを要求された場合に保護してもらう見返りとして、中国政府に譲り渡す。エイプリルとポークはすでに、二千万ドルで売り出されている海口《ハイコウ》郊外の海辺の豪邸に目をつけていた。

ポークは昼食後にジェット機で飛び立っていた。シドニーに到着し、港内のシャーク島近くに投錨している〈ケンタウルス〉に向かっていると、メールで知らせてきた。最大速力で航走すれば、あすの午後九時にはポークと合流できると、エイプリルは予想していた。シドニー・ハーバー・ブリッジから打ちあげられる世界的に有名な花火を見る時間はたっぷりある。それと同時に、〝エネルウム〟・ガスを充塡《じゅうてん》したロケット弾二百九十六発が〈ケンタウルス〉から発射される。大多数の人間が橋に注意を向けているはずだが、だれかが貨物船からロケット弾が発射されるのを見たとしても、ショーの一部だと思うはずだ。

作戦が完了したら、エイプリルは〈マローダー〉で〈ケンタウルス〉を攻撃し、海の底に沈める。オーストラリアの他の地域から官憲が駆け付けたときには、エイプリルとポークはとっくに姿を消している。ロケット弾発射の録画をインターネットにアップし、なにが起きたかをはっきりと知らせる。世界中の報道機関が記事を載せ、暗号通貨の口座のロックが解除されるはずだ。

新生活に近づいているという実感が、舌先で味わえそうなほど強まっていた。この任務が終わるのが待ち遠しくてたまらなかった。

「プラズマ・キャノンの状況は？」エイプリルは副長にきいた。

「テストはすべて完了しました」副長がいった。「完全に運用できます」

「燃料と補給品は？」

「いま給油中です。補給品は最後の積み込みをやっています」

「それなら、全員乗ったら、ただちに繋留を解く」エイプリルは命じた。「ふたり行かせて、アメリカ人を連れてこい」

マクドの監房にはなにもなかったが、地下なので、熱帯の暑さのなかでも涼しかった。天井に小さな電球があり、壁も天井も床もコンクリートだった。

頑丈な防爆扉は外側から施錠されている。マクドは何度かあけようとしたが、トーチランプがないと、内側から破るのは不可能だった。

包帯の下の縫合した部分がかゆかった。外傷の手当てを心得ているらしい男が、太い黒糸で縫ったのだが、ギザギザの傷痕《きずあと》がひとつ増えそうだった。

マクドは壁にもたれ、痛みはじめた腕を動かさないように気をつけた。三角巾《さんかくきん》で吊《つ》れば動かないようにできるが、アスピリン一錠あれば我慢してもいいと思っていた。

水とお椀《わん》一杯の麺《めん》を除けば、クリスマス島を離れてからなにも口にしていなかったので、胃が文句をいっていた。それでも、捕虜として最悪の状態ではなかった。アフガニスタンで、これとは比較にならないくらいひどい目に遭っている。

中国人ふたりが表の階段をおりながらしゃべっているのが聞こえた。鍵《かぎ》がジャラジャラ音をたてた。なにかの目的があってやってきたのだ。交渉のためか、移動のためか、それとも処刑しにきたのか、見当がつかなかった。

マクドは立ちあがり、肩に力がかかったので顔をしかめた。鍵穴に鍵が差し込まれた。

そのとき、ドサリという音がふたつ聞こえた。人間が倒れるような音だった。

つぎの瞬間、鍵がまわされた。防爆扉があき、死んだ警備員ふたりの上に立ちはだかっているレイヴンの姿が見えた。ひとりはクロスボウの矢が首に突き立ち、もうひとりは背中にナイフが刺さっていた。マクドのクロスボウを、レイヴンが両腕に抱えていた。

「おっ、プレゼントを持ってきてくれたんだね」マクドはにやりと笑っていった。

「そいつはきみに任せられない」

「ちがうわ」レイヴンが、ナイフを引き抜いて拭《ふ》きながらいった。「あなたがこれを気に入っているわけがわかった。わたしのものにするかも」

「おれっちを殺してからにしろよ。渡してくれ」

レイヴンは、マクドの肩の傷のほうへ顎をしゃくった。「どうするのよ？　片手で撃つわけ?」死んだ警備員の拳銃を取り、マクドに渡した。

マクドが、それを受け取って溜息をついた。「なにもないよりはましだな」エディーとリンダが、レイヴンのあとからはいってきて、レイヴンがエディーの投げナイフを返した。「みんな来てくれてうれしいぜ。ここがどこか知らないけど」

「マーウッド島」リンダがいった。「グレート・バリア・リーフの近くよ」

「だいじょうぶか？」エディーが、傷を眺めていった。

「水が飲みたいんだけど」マクドはいった。

リンダが水筒を渡した。マクドはふた口で中身を半分飲み、そのあいだにエディーとレイヴンが警備員をなかにひきずりこんだ。

「腕のぐあいは？」リンダがきいた。

「ゴルフクラブはしばらくふれないけど、撃たれたにしてはそんなに悪くない。あとのみんなは、クリスマス島から無事に出られたんだね？」

レイヴンがうなずき、ドアをロックした。「あなた以外は負傷者なし。あなたは囚われの姫君を演じたかっただけよね」

「ありえないよ。つぎはちゃんとよける」

「早くここを出よう」エディーが先頭に立って、階段を昇った。「いっしょに歩けるか、マクド？」

「もちろん。新鮮な空気が吸いたい」

階段の上でリンクが見張っていた。マクドをちらりと見て、リンクがいった。「やつらがそのきれいな顔をめちゃめちゃにしようと思わなくてよかったな」

マクドは、リンクに笑みを向けた。「こう見えても、舌先三寸で切り抜けるほうでね」

「裏口から出る」エディーがいった。

窓を通して港から見えないように、五人は体を低くして進んだ。建物の裏手までいくと、エディーがそっとドアをあけて、外を覗いた。

そのとたんに、数棟離れたところで、だれかが北京語で叫んだ。

エディーは首をふり、四人のほうを見た。「通訳するまでもないだろうが、だれかが死体を見つけ――」

いい終える前に、弾丸がエディーの頭の上でドアに食い込んだ。五人が床に伏せたとき、甲高い警報が鳴りはじめた。

60

「銃声はどこから聞こえる?」エイプリルは、語気鋭くきいた。

「本部ビルからです」電話をかけていた〈マローダー〉の副長がいった。「ひとりが死に、もうひとりが動けなくなってます」

「やつらが来たのよ」

「だれが?」

「ファン・カブリーヨの手下よ。手の空《あ》いているものを全員行かせて、追跡し、殺せ」

島の基地に彼らが来ているということは、ノレゴ号も近くにいるにちがいないと、エイプリルは気づいた。

「命令を撤回。繋船索を解いて。早く」

副長が張り出し甲板に出て指示を下すあいだに、エイプリルは携帯電話を出し、警備隊の隊長を呼び出した。待ち伏せ攻撃にひっかからないように、港口の安全を確認しなければならない。

「だれかをATVで滑走路末端まで行かせて。動画を送れるように携帯電話を持たせて。そっちのようすを見たいのよ」

「はい、船長」

繋船ドックの近くにいたひとりがATVに乗り、最大速度で滑走路を走っていった。

副長がブリッジに戻ってきた。「繋船索を解きました」

「ドックから出して」

〈マローダー〉の機関の出力があがり、港に出ていった。

「港から出ますか？」副長がきいた。

「いいえ、二〇〇メートル進んだら、一八〇度方向転換して」

「船長？」

「やるのよ」

副長が操舵員に命令を伝え、〈マローダー〉が港に出てから一八〇度回頭した。

「プラズマ・キャノン起動」

エイプリルは、双眼鏡を構えて、本部ビルの周囲で銃弾が地面に当たって土埃《つちぼこり》があがっているのを眺めた。マクドというアメリカ人を監禁してあったビルだ。配下と敵のどちらが優勢なのか、見分けられなかった。

「基地全体をターゲットにする」エイプリルはいった。「まず本部ビルからはじめて。やつらを生かしておくわけにはいかない」

「しかし、味方が……」副長が抗議した。

「中国の栄光のために、わたしたちは大きな犠牲を払う」

エディーとリンクは、正面ドアで防御位置につき、リンダ、レイヴン、マクドが裏口を護った。四方から銃撃を浴びていた。山に向けて必死で走っても、五人とも撃ち殺されるだけだ。

「ハリ」エディーがモラーマイクで呼びかけた。「われわれは激しい銃撃を受けている」

「〈ゲイター〉まで行けそうか?」

「だめだ。基地で釘付《くぎづ》けになっている」

警備員ふたりが、ドックのほうから本部ビルへ走ってきた。リンクがひとりを斃《たお》したが、もうひとりは隣の建物の角から安全な場所に跳び込んだ。

「やつら、なんのつもりだ?」リンクが不思議そうにいってから、港のほうを見た。

エディーにはリンクの疑問の意味がわからなかったが、ふりむくと、〈マローダー〉が回頭し、舳先を建物群に向けるのが見えた。

プラズマ・キャノンの砲身が向きを変え、エディーたちにまっすぐ狙いをつけた。

「やるはずがない」リンクがいった。「自分の配下がすぐ近くにいるのに」

「やるだろう」エディーはいった。「早く移動しよう」

ふたりは本部ビルのなかを裏手に向けて駆け出した。半分まで行ったところで、バリバリというものすごい雷鳴が部屋を貫いた。リンクは身を投げると同時に、エディーを引き倒した。本部ビルの正面が砕け、熱したコンクリートの破片が周囲に降り注いだ。高温の熱気が空気中の水分を沸騰させたらしく、埃とともに湯気が立ち昇った。

エディーとリンクは、起きあがって進みつづけた。

「あれはなに?」レイヴンが叫んだ。

「チンがプラズマ・キャノンをわたしたちめがけて撃っている」エディーが大声で答えた。「急いでここを出ないといけない」

二度目の爆発が、さっきまでリンクとエディーがいた本部ビルの正面を完全に粉砕し、細かい粒に変えた。

「どこへ行けばいいの?」リンダがきいた。

「どこだって、ここよりましだ」マクドがいった。

エディーが、一五メートル離れた兵舎を指差した。一瞬、砲撃が熄《や》んだ。わずかな間合いをついて、そこへ駆け出すことができる。

エディーがうなずき、五人はドアから跳びだした。リンクがいっぽうをアサルト・カービンで連射し、エディーが逆方向を撃って掩護《えんご》した。レイヴンはクロスボウを使い、角から顔を出した男を射殺した。リンダとマクドが先頭を走った。

兵舎に五人がたどり着く前に、プラズマ・キャノンから三発目が発射され、本部ビルの残骸が消滅した。衝撃で五人とも地面に倒れた。

プラズマ・キャノンが、兵舎を破壊しはじめ、几帳面《きちょうめん》な狙いで粉々にした。木の屋根が激しく燃えあがった。

「本部ビルに戻ろう」エディーが叫んだ。残骸に隠れれば、基地のほかの部分が破壊されるあいだ、狙い撃たれずにすむかもしれない。

砲兵の攻撃を受けたように見える本部ビルに、五人は急いでひきかえした。ギザギザのコンクリートの塊《かたまり》が残っていて、まだ射撃をつづけている警備員たちに対する遮掩に使える。

「ハリ、すこし支援してくれないか」エディーはいった。「〈マローダー〉がわたしたちを全滅させようとしている」

61

エディーの呼びかけを待つまでもなくカブリーヨは、オレゴン号をマーウッド島の港に入れるようエリックに命じていた。ゴメスのドローンが、島の施設を砲撃している〈マローダー〉の鳥瞰図《ちょうかんず》を送っていた。だが、あいだに山があるので、レイルガンが使えない。

「射撃位置につくまで、どれくらいかかる？」カブリーヨはきいた。

「港口まであと一分です」エリックが答えた。「岬と岬のあいだが狭すぎるので、港にはいって直進する前に大きくまわらないといけません」

「レイルガンを出す用意をしてくれ。ただし、わたしの命令を待て」

カブリーヨは、シルヴィアのほうを向いた。「射撃準備はいいか？」

シルヴィアは不安そうな顔だったが、うなずいた。積載している弾薬が限られているので、海上での射撃訓練は二度しかやっていない。マックスは、バリで起きたようなオーバーヒートは解決したといっていた。そのとおりかどうかは、まもなくわかる。

「忘れるな」マーフィーが妹のシルヴィアに注意した。「見越《リード》しの必要はないんだ」

「わかってるわ」シルヴィアが答えた。

通常の砲熕《ほうこう》兵器で動いているターゲットを撃つときには、弾着時のターゲットの位置を計算して見越しと呼ばれる修正を行なう必要がある。だが、レイルガンの砲弾は超音速だし、今回のような近距離では、瞬時にターゲットに到達する。

「チンを生かしておきたい」カブリーヨは、シルヴィアに念を押した。「できれば船を全壊させせないようにしたい」

「プラズマ・キャノンの砲塔を狙います」シルヴィアがいった。「でも、〈マローダー〉は、わたしたちとチームがいる建物のあいだなので、はずしたら、チームに当たるおそれがあります」

「それなら、港にはいり切るまで射撃を控えよう」

「〈マローダー〉の現在位置を基準点として捉えてます」

「できるだけすばやく片付けろ」

エイプリルが早くも基地の建物の半分を破壊したとき、ATVで偵察に行かせた男がビデオチャットで連絡してきた。

「いま滑走路の端にいます」男がいった。「海に船が一隻います」

「画像を見せて」エイプリルはいった。

男が携帯電話の向きを変えた。広い海と青い空が映し出された。カメラの向きが変わり、目標が視界にはいった。

たしかに船がいた。デリックが四基ある在来貨物船だが、軽快な小型ボートのような速力で航行している。

カメラの向きが変わり、陸地が見えた。港の入口の岬だと、エイプリルは見分けた。

エイプリルは張り出し甲板に駆け出して、港口の方角を見た。はじめはなにも見えなかった。目を細めて、携帯電話の画像と肉眼で見ているものを交互に見た。突然、岬をまわって港口に向けて回頭している船が見えた。

エイプリルはブリッジに駆け戻り、副長にどなった。「敵が十二時（まうしろ）にいる。回頭して射撃準備」

「おれはどうすればいいですか？」ＡＴＶの男がきいた。

「基地に戻って、侵入者を片付けるのを手伝いなさい」エイプリルは、電話を切った。

「敵船はまだ陸地の蔭から出ていません」副長がいった。「まだ確実にロックオンできません」

「それなら、マニュアルで照準するしかない」エイプリルはいった。「わたしが自分でやる」


「〈マローダー〉が回頭している」カブリーヨはいった。

敏捷《びんしょう》なトリマランがあっというまに向きを変え、プラズマ・キャノンも砲口をまわした。どちらが先に撃つかの競争になっていた。オレゴン号は、それた弾丸がエディーとチームがいる建物に当たる危険がない射撃位置に到達していなかったが、それまで待つことはできない。

二隻は至近距離で一騎打ちしようとしている第一次世界大戦の弩級《どきゅう》戦艦のようだった。

カブリーヨは命令を下した。「シルヴィア、レイルガン作動」

「作動してます」シルヴィアがいった。

レイルガンが前甲板の位置に持ちあがり、不気味な黒い砲身が回りはじめた。すぐに甲板よりも高くなった。

「随意射《ずいいしゃ》」カブリーヨはいった。

「兵装充電」マーフィーがいった。

カブリーヨは、メイン・スクリーンで照準環を見ていた。オレゴン号のほうをまっすぐに向いているプラズマ・キャノンにロックオンしている。

シルヴィアがレイルガンで撃ったが、プラズマ・キャノンが一瞬早く射撃を開始した。

プラズマ弾がオレゴン号の装甲をほどこした船体に当たり、そのエネルギーでかすかに揺れたために、レイルガンの砲弾がプラズマ・キャノンの砲塔からそれたが、〈マローダー〉の乗組員区画を貫通し、ブリッジも含めたすべての窓を粉砕した。

「撃ちつづけろ」カブリーヨはいった。

シルヴィアの放った二度目の砲弾は、プラズマ・キャノンの砲塔をかすめて、基地の向こう側の山に激突し、十数本の木を薙《な》ぎ倒した。

〈マローダー〉のプラズマ・キャノンがふたたび火を噴いた。こんどはプラズマの塊がデリック二基のあいだを通過し、塗装の一部を溶かした。

「捉えた」シルヴィアがいって、三発目を放った。

タングステンの発射体が、プラズマ・キャノンの砲塔に突き刺さり、金属面に大きな穴があいた。砲身がもげて、海へ飛んでいった。

戦いは終わったと思い、シルヴィアは座席でぐったりした。エリックが手をのばすと、シルヴィアが弱々しいハイファイヴで応じた。マーフィーの音声合成装置は、群衆の歓声を流していた。

「よくやった」カブリーヨはシルヴィアにいった。「だが、用心を怠《おこた》るな。〈マローダー〉がオレゴン号に体当たりするかもしれない。やつらには、それしか手が残されていない」

「心配ありません」シルヴィアがいった。「これの使いかたがわかったと思う。近づかせないようにします」

カブリーヨは、アームレストの制御装置を使い、〈マローダー〉のブリッジを写している外部カメラの映像に目を凝らした。敵が何者なのか、見届けたかった。

カメラがズームされるにつれて、ひとりの人間が見えた。エイプリル・チンだった。顔の左半分が、血まみれだった。

「あの女よ」シルヴィアが、歯を食いしばっていった。「あの女がわたしの船を沈め、マークの体を不自由にしたのよ」

カブリーヨは、ハリに向かっていった。「無線で〈マローダー〉を呼び出せ。チンに、降伏しないと船を破壊するといってやれ」

62

基地に置き去りにされた最後の数人の敵が、まだ戦いつづけていた。ＡＴＶに乗って現われたひとりもそのなかにいた。残っているのは三、四人だろうとエディーは思った。全員が完全に破壊された兵舎から、集中的に撃っていた。

「おまえたちの船は打ち負かされた」エディーは北京語で叫んだ。「武器を捨てろ」

返事はなく、自動火器の射撃が衰えることなくつづいた。エディーのチームは、釘付けにされていた。

「やめる気はなさそうだ」リンクがいった。「おれは手榴弾《しゅりゅうだん》がなくなった」

「だれか、持っているか？」エディーはきいた。

全員が首をふった。

マクドが、自分たちと隣の建物のあいだのひろびろとした場所を指差した。「やつらを包囲するには、だいぶ広いところを通らないといけない」

「突撃するのは勧められない」レイヴンがいった。「わたしたちの何人かが撃たれることはまちがいない」

「解決策があるじゃない」リンダが、オレゴン号の方角にうなずいてみせた。「攻撃してもらいましょう」

「名案だ」エディーはいった。「ハリ、艦砲射撃の支援を頼みたいんだが」

「ターゲットは？」ハリがきいた。

「北の瓦礫《がれき》の山だ」

「そこいらじゅうに瓦礫があるぞ。シルヴィアはあんたたちを誤射したくない。あんたたちの位置をマークしてくれ」

エディーは発煙弾を出して、発火させた。オレンジ色の煙が筒から噴き出した。

「オレンジ色の煙は撃つな」エディーはいった。「くりかえす。オレンジ色の煙は撃つな。敵はそっちからは向かって右、わたしのそばの建物の残骸に隠れている」

「わかった。物蔭に隠れろ」

「伏せろ」エディーはいった。「口をあけておかないと、鼓膜が破れるぞ」

五人は床に伏せて、両手で頭を覆った。

砲弾がマッハ7でそばを通過し、巨大な衝撃波が大気を切り裂いた。耳を聾《ろう》する爆発が、ほとんど同時に起きたように思えた。コンクリートの細かい破片が雪のように降り注ぎ、オレンジ色の煙と土煙が混じり合った。

銃撃はすっかり熄《や》んでいた。

エディーは上半身を起こした。耳鳴りがしていたが、聴覚はだいじょうぶだった。土煙が晴れると、エイプリル・チンの配下が隠れていた残骸が箒《ほうき》で掃いたようにきれいになくなっていた。

「敵が消え失せた」リンクが立ちあがりながらいった。

「レイルガンは恐ろしい兵器ね」レイヴンがいった。

「マックス、聞いているか？」エディーが、通信装置で呼びかけた。

「感明度良好。いまもあんたらをおろした場所にいる。どうやらおれはパーティを見逃したようだな。みんな無事か？」

「全員切り抜けたが、もう歩く気分じゃないんだ。迎えに来てくれないか？」

「いまから行く」

エディーは、割れたコンクリートの塊に腰かけた。「居心地がいいようにして、最前列で見物しよう」

「ポップコーンがないのが残念」全員が集まると、マクドはいった。「チン船長がどうするのか、早く見届けたいね」

エイプリル・チンは袖《そで》で顔をこすったが、血をあちこちになすりつけることになっただけだった。ブリッジにいた乗組員はすべて、窓が割れたときにガラスで切り傷を負っていた。

無線機から、声が聞こえた。

「くりかえす、こちらはノレゴ号だ。降伏してその船を引き渡すよう命じる。機関を停止し、両手をあげて甲板に出て、乗り込みを受け入れろ」

エイプリルは、マイクを持っていった。「受信した、ノレゴ号。機関を停止する」機関停止の手順を行なってから、エイプリルは副長を立たせた。「乗組員を集めて、甲板に出て。わたしはすぐに行く。その前に電話をかけたいの」

副長が船内放送で甲板に出るよう乗組員に命じてから、ブリッジの当直員を連れ出した。

独りきりになると、エイプリルは深く息を吸い、制御盤に最後のコマンドを撃ち込んだ。それを終えると、携帯電話を手にして、ポークに電話をかけた。

呼び出し音が四回鳴り、ボイスメールに切り替わった。

「あなた、わたしよ。こっちはちょっと問題が起きた。シドニーに行くのは遅れそうよ。いっしょに発射を見たかった。あなたはがんばって。わたしがあなたを愛してること、知ってもらいたいの。なにが起きても、これはもっといい生活をもたらしてくれるはずよ。さようなら、いとしいひと」

エイプリルは電話を切った。それと同時に着信音が鳴り、発信者の番号も見ないでエイプリルは電話に出た。

「ダーリン」エイプリルはいった。

「まだそう呼び合う仲にはなっていないと思うよ」ファン・カブリーヨがいった。

「なにが望みなの？」

「わたしたちの要求どおり、甲板に出てきてほしい」

「わたしたちと取引をするつもりなんかなかったのね？」

「いや、あった。そっちの気に入らない条件になったかもしれないが」

「あなたはわたしの船を乗っ取って、わたしたちを殺すためにきたのよ」エイプリルはいった。「それともわたしたち全員を刑務所に入れるために。わたしはだいぶ前に誓ったの。刑務所には二度と足を踏み入れないと。その誓いを守るつもりよ、ミスター・カブリーヨ」

プラズマ・キャノンの発電機の温度計で針がレッドゾーンに近づくのを、エイプリルは見守った。それが限界点に達したら、プラズマ・キャノンは自爆し、〈マローダー〉を木っ端《こっぱ》みじんにするはずだった。

63

まだ夕闇が訪れてはいなかったが、〈マローダー〉の背後の港は島の蔭になり、あたりの風景に不気味な影を投げていた。

「どうしてわたしがあんたを刑務所に送ると思っているんだ？」カブリーヨは、指揮官席からおりながらいった。ハリのヘッドセットをかぶり、そのマイクに切り換えたが、それでもオプ・センターの全員にエイプリル・チンの声が聞こえていた。

〈マローダー〉の乗組員は甲板に並んでいたが、エイプリルはブリッジの船長席に座り、手にした携帯電話で話をしながら、オレゴン号を観察していた。メイン・スクリーンの画像が拡大されていたので、ガラスが割れた窓から吹き込む風でエイプリルの髪がなびいているのが見えた。まるでこちらをまっすぐ見据えているような感じだった。

「こんな結末に、話をできる相手がいてよかった」エイプリルがいった。「あなたの顔を見られればいいんだけど。いい声をしているわ」

「生きて捕虜になるのを望んでいないような口ぶりですね」エリックがいった。

シルヴィアが、はっと息を呑んだ。「赤外線画像に戻してもらえますか？」

カブリーヨはうなずき、エリックがカメラを〈マローダー〉のモノクロ画像に切り換えた。機関が冷えはじめたので、船尾の明るい部分は薄れていたが、船の中央は熱気でほとんど真っ白になっていた。

「プラズマ・キャノンは破壊したはずだけど」ハリがいった。

「破壊したのは砲そのものだけだ」マーフィーがいった。

「発射体を撃ち出すエネルギーを発揮するために、砲塔の下に発電機があるのよ」シルヴィアはいった。「彼女はそれをわざとオーバーヒートさせてる。レッドゾーンに達したら爆発する」

「エイプリル」カブリーヨはいった。「発電機をオーバーヒートさせているようだな。いますぐに出力を下げたほうがいい」

「あなたの部下が優秀だというのは、認めざるをえないようね」エイプリルがいった。

「悪いけど、自動に切り換えたの。もうとめることはできない」

カブリーヨは、シルヴィアの顔を見た。シルヴィアがうなずいて、そのとおりだということを示した。カブリーヨは口だけ動かして、〝どれくらいだ？〟ときいた。

「せいぜい、二、三分よ」

爆発する前に乗り込んでチンを連れ出す時間はない。

カブリーヨは、マイクを手で押さえていった。「ストーニー、〈マローダー〉から離れてくれ」手を離した。「エイプリル、まだあんたと乗組員が船から避難する時間はある」

「だれもこの船からおりない。そんなことになったら、わたしの夫の任務が台無しになる」

訊問されるような人間を残さないためだ。エイプリル・チンが海の底に沈んだら、ポークの任務のターゲットを突き止める手がかりが得られなくなる。

カブリーヨが話をつづけても、真実を聞き出すことができない。リンクが持っているような麻酔弾を使わない限り……。

カブリーヨはそのとき思いついた。リンクは乗組員のなかで最高の狙撃手だ。

「べつの回線でリンクとつないでくれ」カブリーヨはハリに命じた。

カブリーヨは、評判の悪い代案の代案《プランC》を思いついていた。しかも、文字どおり成功《ロン》の可能性が低《グショット》い――長距離射撃だ。

　カブリーヨに呼び出されたとき、リンクはコンクリートの厚板にもたれて水筒から水を飲み、敵が降伏するまでどれくらい時間がかかるか、マクドと議論していた。

「リンクです、会長」

「麻酔弾をこめたスナイパー・ライフルは、まだ使えるか?」

「ええ」

「ただちにそれで撃ってくれ」

　リンクは眉をひそめた。「だれをですか?」

「チンだ。〈マローダー〉のブリッジにいる。撃てるか?」

　リンクは理由を聞かなかった。さっとライフルを持ち、麻酔弾をこめて、もたれていたコンクリートの厚板の蔭で折り敷いた。

　スコープに目を当てた。その距離だと、チンの後頭部は小さな点のようだった。

「距離は三〇〇ヤード」リンクはいった。「このライフルの有効射程を超えてますが、やってみます」

「一度しか撃てない」カブリーヨはいった。「はずれたのがそばを飛んだら、彼女は身を隠すだろう。二度目はない」

「おなじことです。どうせ一発しか残ってない」

「それでは丁寧《ていねい》に撃て。時間がない」

「了解」

リンクは、土をすこし空中に投げた。かすかな風が右から左へ吹いている。リンクはスコープを調整し、照準を合わせた。

息をとめ、チンが動かないことを願った。引き金を絞った。

ライフルの反動があり、チンが倒れるのが見えたが、当たったからなのか、はずれたからなのか、判断がつかなかった。

「撃ちましたよ」リンクはいった。

「見た」カブリーヨはいった。「それでチンが口を割るかどうか、二分後にはわかる」


一瞬、〈マローダー〉との電話が沈黙した。

「エイプリル、聞いているか？」カブリーヨは呼びかけた。

「ここにいるわ」

麻酔弾が当たったかどうかはわからないが、とにかく電話は切られていなかった。

「アンガス・ポークの大晦日のターゲットはなんだ？」

「シドニー」チンがいった。舌がもつれているので、リンクの狙いが精確だったとわかった。

「シドニーのだれだ？」

「街」

「シドニーが街だというのはわかっている」カブリーヨはいらだってそういった。

「街全体という意味だと思う」そう気づいたシルヴィアが蒼《あお》ざめた。

「〝エネルウム〟・ガスをシドニーの街全体に使うつもりなんだな？」カブリーヨはきいた。

「そうよ」

「なぜ？」

「中国の世界制覇《せいは》のため。継父リュ・イアンの遺産九億八千万ドルを、ロックされた暗号通貨の口座からもらえる。パスワードはEnervum143、口座番号は暗記してない。アンガスはどこ？」

「もう行ってしまった」

「シドニーへ行ったのね」いま気づいたというように、チンがいった。

「そうだ。攻撃はどうやるんだ？」

「なんの攻撃？」

「シドニー攻撃だ。しっかりしろ、エイプリル」

「午前零時にロケット弾を発射するようにタイマーをセットしてある。シドニー上空でぜんぶ爆発する。大手新聞が翌日、それを報道する。それで口座のロックが解けて、お金を引き出せる」

「解毒剤」マーフィーがいった。

カブリーヨはうなずき、〈マローダー〉の中心の白い場所が一秒ごとに明るくなるのを見た。

「エイプリル、〝エネルウム〟の解毒剤はあるか？」

「わたしは服用してない」

「解毒剤を製造したかときいているんだ」

「ええ。九千人分製造した。ほぼ半分が〈マローダー〉にある。あとはアンガスが持ってる。アンガスはシドニーにいる」

「アンガスの分の解毒剤はどこにある？」

「シドニーの貨物船」

「ロケット弾はどこにある？」

った。

「シドニーの貨物船」

「もう爆発する」シルヴィアが、トリマランの中心部が過熱しているのを見ながらい

「貨物船の船名は？」カブリーヨはチンにきいた。

「船名は――」

プラズマ・キャノンの発電機が臨界に達し、エイプリル・チンの声がとぎれた。巨大な火の球が、トリマランをまっぷたつに引き裂き、高熱の範囲がひろがって、スクリーンが真っ白になった。一秒後、衝撃波がオレゴン号を揺さぶった。

エリックが、通常のカメラに画像を戻した。〈マローダー〉の残っている部分は、燃える船首と船尾だけだった。わずか数秒後に、それも沈んだ。

カブリーヨは時計を見た。新年の午前零時に開始される花火まで、二十九時間しかない。

カブリーヨは、ハリにヘッドセットを返した。「マックスに、上陸チームを回収して大至急戻るよういってくれ。エリック、ムーンプールの竜骨扉《キールドア》を閉めたら、最大速力でシドニーを目指せ」

64

シドニー

自家用ジェット機で日没にキングズフォード・スミス国際空港に着陸し、滑走路をタキシングしているときに、ポークはエイプリルのボイスメールに気づいた。エイプリルはメールを使うことが多いので、尋常ではなかった。メッセージを聞いたポークは、エイプリルの妙な口ぶりと、話の内容にひどく驚くとともに、不安になった。エイプリルが大晦日のロケット弾発射に間に合わないことにがっかりしたが、録画しておけばいいと思った。

待っていた車のそばにジェット機が着くと、ポークと配下は〝エネルウム〟の解毒剤を収めている大きなアルミの箱四つをおろした。各箱には、ガラス瓶入りの薬剤が十二本ひとパックで千二百本はいっている。ポークの計算ではパックあたりの販売価格は合計六十万ドルになる。〈ケンタウルス〉に積み込み、不潔な手で触られないような安全な場所に保管しなければならない。

ウォルシュ湾の桟橋《さんばし》まで車で行き、そこでスピードボートがポークを待っていた。ボートの乗組員がアルミの箱を積み込み、舫《もや》いを解いて、つぎの瞬間には世界的に有名なシドニー・ハーバー・ブリッジをくぐっていた。安全策の一環としてブルーとグレーのジャンプスーツを着せられた観光客が、橋の下の大梁《おおばり》に沿って歩き、アーチ状の骨組みを登っているのが見えた。あすの大晦日には、午前零時になると同時にアーチから盛大に花火が打ち上げられるので、ブリッジ登りは中止される。

夜間でも港内は船で混雑していた。十二月の温かい夜を満喫するために、あらゆる大きさのフェリー、ヨット、セイルボートが出ていた。大晦日にはシドニーで最高の眺めを見るために、港内のブリッジ近くはかなり混雑するはずだった。

スピードボートはつづいて、シドニーの象徴のオペラハウスのそばを通った。帆を象《かたど》ったような建築物が、照明で白く光り輝いている。正面のプロムナードは、風景の写真を撮ったり、海から吹く風を楽しんだりしているひとびとで混み合っていた。あすの晩は花火見物のために、もっとおおぜいの見物客で混雑するにちがいない。

午前零時ちょうどにロケット弾を発射するというリュの計画には、劇的効果を狙うということのほかに、ガスが撒かれたときに戸外にいる人間がもっとも多くなるという理由もあった。数十万人の住民や観光客が、身動きできずに新年の街に倒れている光景を、ポークは思い描いた。

スピードボートは五分後に港の端に達し、回頭して太平洋に出た。シャーク島の蔭に投錨している〈ケンタウルス〉が視界にはいった。シャーク島には、小さな公園があって、ピクニックやパーティによく使われる。港を見おろす側の不動産は、オーストラリアきっての高価格だった。それらの別荘や大邸宅の住民は、まちがいなく〝エネルウム〟の解毒剤の顧客になるはずだ。

島をまわったとき、〈ケンタウルス〉に横付けしている小船が目にはいった。舷側に〝海上〟と記されていた。ニュー・サウスウェールズ州港務局の船だと気づいて、ポークは警戒した。

〈ケンタウルス〉に到着すると、解毒剤の箱を積み替えるのは配下に任せて、ポークは甲板にあがった。ラスマン船長はどこにいるかとききき、ブリッジにいると教えられた。

ポークは、箱を運びあげている男たちのほうを見た。「おれは、それを収納するために戻ってくる。中身が紛失するか、壊れていたら、おまえら全員の責任だと見なす」

ポークは、上部構造の表の階段をブリッジに昇っていった。ブリッジにはいると、港務局のロゴ入りのシャツを着た男と、ラスマン船長が話をしていた。顔に作り笑いが固まっていたが、ラスマンが不安にかられているのは明らかだった。

「わたしはアルフレッド・ジョンソン」ポークはいった。「この船の貨物を受け取る輸入業者だ。どういうことなんだ?」ウェストバンドに挟んであるグロックにこっそり手をかけた。

「なんでもない」ラスマンがいった。「乗組員のことで手ちがいがあった」

「ポール・スミスです」港務局の係官がいった。「ブリズベンの北で海に浮かんでいた男ひとりを発見したという報告を受けた」

ラスマンが、落ち着かないようすで体を揺らした。

「それが〈ケンタウルス〉とどう関係があるんだ、スミスさん?」ポークはきいた。

「その男は、助けられたときに中国語をしゃべった。ひとつのことをくりかえしていた」

「なんていったんだ?」

「海からその男を救いあげたひとたちは、ケン、、タウ、、ロス、、に置き去りにされたといったのだと解釈した。ギリシャ神話の半人半獣の種族のことだと。しかし、ケアンズの海上国境警備隊が綿密にその言葉の発音を聞き取った。男は〝〈ケンタウルス〉に置き去りにされた〟といったのだ。われわれは、この船から海に落ちたのかもしれないと考えた」

「それで、スミスさんに乗組員名簿を見せた」ラスマンがいい、スミスが持っている航海日誌を指差した。「ご覧のとおり、われわれは乗組員がひとりも欠けていない状態でシドニーに到着した」

「その男は、ほかになにかいったのかね？」ポークはきいた。

「悲しいことに、身許がわかるようなことをいう前に死んだ」

「ずいぶん奇妙な話だな」

スミスが、納得のいかない顔でラスマンを見た。「あんたの船に乗っていたのでないとしたら、どうして〈ケンタウルス〉に置き去りにされたといったのかね？　死にかけている男の言葉にしては、奇妙じゃないか」

ラスマンが、肩をすくめた。「数日前の夜に、われわれはそのあたりを通った。その男はこの船を見て、発見されなかったことに腹を立てたんだろう」

「それは考えられないことではない。だが、海のまんなかで船から落ちたことはたしかだ」

「その謎がいつか解けるといいんだがね」ポークはいった。

スミスは、航海日誌を返した。「すべて整っているようだ」出ていこうとしたが、ふりかえっていった。「シドニーにはいつまでいるんだ？」

「あと一日だけだ」ラスマンがいった。「一月一日に出航する」

「それじゃ、ここにいるあいだに花火を見物できるな。今年はとくに派手にやるらしい。きっといい思い出になる。ごきげんよう、諸君。それに、よい新年を迎えられますように」

スミスが出ていくと、ポークはラスマンを睨みつけた。スミスが声の聞こえないところまで離れると、ポークはいった。「なにがあったのか話せ」

ラスマンが、咳払いをした。「その男は海に落ちた。暴風雨のさなかだった。死んだにちがいないと思ったから、ひきかえして探さなかった。シドニーに着くのが間に合わなくなるし」

「それに、男が発見されたあたりにいたことを、おまえは認めた」

「どのみち、調べればわかることだ」

「当局がこの船を嗅ぎまわったら厄介なことになる。それぐらいわかっているはずだ」

「念のため乗組員名簿を書き換えておいた」ラスマンがいった。「その男が乗っていなかったことを、あいつは納得したようだ」

「おれが知らないようなことが、ほかにもあるか？」ポークは語気鋭くきいた。

「投錨したときに積荷は再確認した」ラスマンがいった。「パレットは暴風雨で損傷していない。すべて無傷だ」

「ほかに行方不明の乗組員はいないだろうな？　調査されるような不審な無線通信は行なっていないだろうな？」

ラスマンが、激しく首をふって否定した。「なにもない。もう邪魔はいらない」

「その乗組員が秘密を漏らす前に死んでよかったと思え」ポークはいった。「そうでなかったら、もっと痛い目に遭わせてやるところだ」

ポークはグロックを抜き、ラスマンの胸に一発撃ち込んだ。ラスマンががっくりと倒れ、ポークはしゃがんで死んだことをたしかめた。

ラスマンの脈がとまると、ポークは立ちあがり、死体を冷蔵庫に入れるよう配下ふたりに命じた。

無能な船長は用なしになった。〈ケンタウルス〉はシドニー港を出ない。

65

オーストラリア、ゴールド・コースト

オレゴン号がシドニーに向けて高速航行するあいだに、カブリーヨは数日間の出来事をラングストン・オーヴァーホルトに説明した。貴族のような雰囲気の中央情報局《CIA》幹部のオーヴァーホルトが無言でうなずくのが、カブリーヨの船室の壁のスクリーンに映っていた。話が終わると、オーヴァーホルトはようやく口をひらいた。

「あいにく、確実な証拠が不足しているから、オーストラリア国防軍に急襲を行なうよう要請することはできない」オーヴァーホルトはいった。「せいぜい、船の貨物を徹底的に調べるくらいのことしか頼めない」

「その危険は冒せませんよ」カブリーヨはいった。「検査したら、ポークがすぐさまロケット弾を発射するでしょう。それに、船名すらわかっていない」

「それに関しては、手を貸せると思う。きみの求めに応じて、きみがいった重要なキーワードを国家安全保障局《NSA》の監視ネットワークで調べた。ヌランベイでひとつヒットした。個人所有のヨットが、サンゴ海のまんなかで漂っていた男を救いあげた。その男はサメに食われて死んだが、その直前につぎのような言葉を何回もくりかえした。〝〈ケンタウルス〉に置き去りにされた〟。持ち物のなかに、ヌランベイの〈レイジー・ゴアンナ〉という酒場のブックマッチがあった」

カブリーヨは、はじめて一条の希望の光を見たと思った。「ボブ・パーソンズと会った店です。その男はヌランベイの出身だったのですか?」

「警察がヌランベイで写真を見せてまわったが、だれもその男のことを知らなかった。しかし、わたしたちはCIAのデータベースで照合した。顔認証により、元中国人民解放軍兵士で、除隊後に、残忍な武装警備員を雇ってきわめて汚い仕事を進んで引き受けることで知られている民間軍事会社に雇われていたことがわかった。会社の所有者はリュ・イァンだ」

「偶然の一致のはずはない」

「同感だ」

「〝〈ケンタウルス〉に置き去りにされた〟」カブリーヨはいった。「〈ケンタウルス〉

という船から海に落ちたということでしょうか？」

「オーストラリアの当局はそう推理したが、乗組員名簿によれば乗組員はひとりも欠けていない」

「いま、その船はどこにいますか？」

「その所在が問題だから、この事件に注目してもらいたいと思ったのだ」オーヴァーホルトはいった。「〈ケンタウルス〉は現在、シドニー港に投錨している」

「サンゴ海はヌランベイとシドニーのあいだの航路だし、乗組員が欠けているのをごまかすために乗組員名簿を書き換えるのは簡単だ。ポークが〈シェパートン〉に偽装させていたのは、その〈ケンタウルス〉かもしれない。しかし、結び付きが薄弱ですね」

「だから、オーストラリアの官憲を関与させるのをためらっている。われわれの懸念《けねん》を一般大衆におおっぴらに知らせたら、もっとまずいことになる。パニックが起きるだろうし、シドニーから避難させようとしても徒労に終わるかもしれない。さっききみがいったように、ポークが作戦実行を早めるおそれがある。ポークがシドニーを攻撃するほぞを固めているようなら、阻止できるのは、あいにくきみとオレゴン号の乗組員だけのようだ」

「阻止するだけではありません」カブリーヨはいった。「数千人分の解毒剤をポークが持っていると、チンがいっていました。それを奪わなければならない。さもないと、〝エネルウム〟にやられたマーフィーやそのほかの患者は、麻痺が一生治らないままになる」

「シドニーにはいつ到着する?」

「あすの夜になります。午前零時前に作戦を実行するのにぎりぎりです」

「やりかたは任せる」オーヴァーホルトはいった。「しかし、解毒剤を船もろとも破壊しなければならなくなったとしても、ロケット弾発射を阻止するのが最優先だ。オーストラリア人五百万人の体が麻痺するというのは、恐ろしい悲劇的事件であるだけではなく、アジア太平洋地域の力の均衡《きんこう》を一変させ、もとの状態には二度と戻らなくなる」

「わかっています」カブリーヨはいった。「ひきつづき、状況を報告します」

オーヴァーホルトが電話を切ると、カブリーヨはエリックを呼び出した。

「シドニー港に投錨している船がある。船名は〈ケンタウルス〉。それを見る方法はあるか?」

「港の船舶追跡システムが使っているカメラの映像が、簡単に見られるでしょう。二、三分くれれば、折り返し伝えます」

二分後、エリックが伝えた。

「見つけました。そっちのスクリーンに出します」

夜になっていたが、周辺の明かりのおかげで、船のシルエットが見分けられた。船側寄りのデリックが四基ある在来貨物船だった。

「〈ケンタウルス〉は、〈シェパートン〉によく似てますね」エリックがいった。

「ああ、そうだ」カブリーヨは答えた。「それがポークの船だ。モーリスにコーヒーを持ってこさせよう。これから長い夜になる」


作戦を細部まで立案するのはたいがい徹夜の作業になるので、翌日の夜に任務ブリーフィングを行なうためにカブリーヨが幹部を会議室に集めたときには、数人がぼうっとした目つきになっていた。

「この作戦になにが懸かっているか、みんなよく知っているはずだ」カブリーヨは、マーフィーをちらりと見ながらいった。「シドニーに到着するのがぎりぎりで、今夜の二三三〇時にならないと急襲を開始できない。つまり、午前零時に予定されているロケット弾発射まで三十分しかない。われわれの目的は、〈ケンタウルス〉に乗り込み、解毒剤を確保し、できればロケット弾発射を不可能にすることだ。〈ダハール〉や〈シェパートン〉に対して行なったのとおなじ乗り込み戦術を使う」

「でも、麻酔弾がない」リンクがいった。「最後の一発はエイプリル・チンに使った」

「交戦規則は？」レイヴンがきいた。

「迅速に、猛攻撃するしかない」エディーがいった。「海に落ちた乗組員の素性から判断して、乗組員は元兵士の傭兵でしょう。シドニー港務局に提出された乗組員名簿によれば、乗組員は十一人いる。ポークが何人か連れてきたかもしれないので、敵が十四、五人程度ならありがたいんですがね。警報が鳴らないように、できるだけ音をたてずにひとりずつ始末する必要がある。サプレッサー付きの銃は持っていくが、発砲するのはどうしても必要なときだけにする」

　片手を三角巾で吊っているマクドが、レイヴンに向かっていった。「壊さないで返してくれるって約束したら、おれっちのクロスボウをもう一度貸すよ」

「自分のものみたいに大事にするわ」レイヴンがいった。

「でも、はっきりいうけど、きみのものじゃないからね」

　レイヴンは黙って肩をすくめ、マクドの所有欲の強さを面白がって口をゆがめた。

「わたしが任務の先頭に立つ」カブリーヨはいった。「レイヴン、エディー、リンクに、エリックとシルヴィアが加わる」

それを聞いて、何人かが驚いて眉をあげた。

疑問を投げかけられる前に、カブリーヨはいった。「ロケット弾を発射するのにポークが使う兵装システムが不明だから、確実に安全化するために、現場に専門家がいなければならない。いつもならマーフィーとエリックにやってもらうことだ」

「あいにく空飛ぶ車椅子がまだ完成してない」マーフィーがいった。

「シルヴィアはマーフィーとおなじくらい経験があるし、この作戦に志願してくれた。彼女はわれわれのいつものイヤホンではなく、通信用ヘッドセットを使う。武器は持っていないから、リンクに付き添ってもらう」

シルヴィアが、きまり悪そうな顔をした。「国防総省で研究をやってるけど、小火器に取り組んだことはないの。エリックがけさ射場に連れてってくれるまで、銃を撃ったこともなかった」

「彼女はかなり射撃がうまいよ」エリックがいった。

「でも、あなたたちとはちがって、取り扱う訓練を受けてない」シルヴィアはいった。

「うっかりあなたたちを撃っても困るし」

「マックスがオレゴン号の指揮をとる」カブリーヨはいった。「ポークに見分けられるおそれがあるから、シドニー港の七海里手前で停船し、〈ゲイター〉で行く」

リンダが手を挙げた。「今回はあたしが操縦する」

「ひとつ指摘しておきたいことがある」エリックがいった。「ぼくたちがいくら優秀でも、いろいろな理由から、シルヴィアとぼくがロケットを安全化できないかもしれない。そのときはどうしますか？」

カブリーヨがマックスのほうを向くと、マックスがいった。「そのときは、時計の針が午前零時を指す前に〈ケンタウルス〉を沈める」

「マーフィーがレイルガンを操作できるように、シルヴィアとエリックが制御装置を改良した」カブリーヨはいった。「あとはターゲットにロックオンして撃てばいいだけだ。マーフィーが指一本でできる」

「おれっちが手伝うのさ」マクドがいった。「リンダといっしょに〈ゲイター〉に乗る。腕一本でも、レーザー目標指示装置《デシグネーター》を船体に向けられる。それに、レイルガンの照準システムは、デシグネーターを向けたところを自動的に撃つ仕組みだったよね」

「くしゃみしないでよ」レイヴンがいった。

「沈める？」リンクが質問した。「船をただ吹っ飛ばせばいいんじゃないですか？」

マーフィーが、大きなうめき声を音声合成システムから発した。「うーむ」それからいった。「ガスの雲」

シルヴィアがうなずいた。

「ロケット弾が同時に爆発したら、ガスの雲ができて、街のかなりの部分にひろがる」

「船が沈めば」エリックがいった。「爆発が起きても海水がガスを吸収するはずだ」

「ポークは、貴重な解毒剤を安全なところに保管するだろう」カブリーヨはいった。「保管する場所として考えられるのは二カ所――低温で保存する必要があれば調理場の冷蔵庫、そうでなければ船長室だ。だから、まず乗組員居住区を掃討《そうとう》して、調理室を調べてから、ブリッジへ行く。ポークを捕らえるか、殺したら、やつの配下は逃げるのをあきらめるかもしれない。そうでなかったら、徹底的に戦うしかない。質問は？」

だれも口をきかなかった。全員、決意をみなぎらせた真剣な表情だった。

「では装備を整えよう」カブリーヨはいった。「午前零時の一時間前に、オレゴン号から進発する」

66

シドニー

ポークは、本来なら〈ケンタウルス〉のブリッジで大晦日のライトショーを楽しんでいたはずだった。午前零時まで起きていられない子供たちのために、午後九時三十分に小規模な花火大会がはじまり、つづいて色とりどりのライトをつけた船が連なって港内を進む光の港パレードに変わった。

ポークはそういうものを楽しむどころか、エイプリルに何度も電話をかけ、メールを送っていた。くだんのボイスメールを最後に、エイプリルがなんの連絡もよこさず、応答もしないので、ポークはひどく心配になっていた。〈マローダー〉とも連絡がとれない。プラズマ・キャノンが壊滅的な事故を起こしたのではないかと、ポークは怖れていた。

ロケット弾発射を中止しようかとも思ったが、〈マローダー〉で単純な通信機器の故障が起きただけだとあとでわかったら、任務を中止したのは浅はかだったことになる。エイプリルが約束通り夜明け前には到着し、あらたな富をふたりで手に入れたことに祝杯をあげられるだろうと、ポークは信じた。

午後十一時三十分に近づいていた。発射準備を開始する時間だ。ブリッジを挟んでいる第三船艙と第四船艙の巨大な艙口をあけるために、ポークはいくつかボタンを押した。艙口が折りたたまれると、大きな開口部が現われた。ブリッジから船艙内は見えなかったが、そこになにがあるかは知っていた。

船艙一カ所に、垂直発射機に装塡《そうてん》されたロケット弾百四十八発が収まっている。ロケット弾はそれぞれ慣性誘導とGPS信号を使ってシドニー上空の起爆点に向けて飛ぶ。爆発したときにもっとも広い範囲に〝エネルウム〟・ガスが散布されるように、ロケット弾は散開発射される。今夜はほとんど無風なので、ガスの効果は最大限に発揮されるはずだった。郊外も遠く離れたところ以外は影響を受ける。

〈ケンタウルス〉は攻撃の中心になるので、ポークと配下にはガスに対する防護装備が必要だった。ポークは腰にフルフェイスのガスマスクをぶらさげていた。船内の傭兵もすべて、おなじものを携帯している。

シドニーの船舶追跡カメラが、〈ケンタウルス〉からロケット弾が発射されるのを記録し、攻撃がどこから行なわれたかを明らかにするはずだった。エイプリルとポークが匿名《とくめい》で情報を流す予定なので、一月一日には世界中の報道機関が概略を報じ、暗号通貨のロックを解除するのに必要なキーワードが提供されるはずだった。

重大な瞬間をエイプリルとともに見られればどんなにいいだろうと、ポークは思った。エイプリルと連絡が取れないことが、ほんとうに気がかりだった。ポークは警備班長のほうを向いた。

「全員がつねに武器を携帯するように念を入れろ」ポークはいった。「これからは、どんなこともおろそかにしてはいけない。いまから午前零時までのあいだに近づく船があったら、乗っている人間を皆殺しにしろ」

「わかりました」

ポークは、厚い金属製のケースを持ちあげて、計器盤の上に置き、蓋をあけた。なかには制御盤があり、ボタンとスイッチにスウェーデン語と英語の表示があった。ケースの蓋には大型タッチスクリーンがある。その上に、〝MR‐76発射システム〟と記されていた。

その発射システムは、船艙に隠された発射システムとワイヤレスで接続されていて、スウェーデン製ロケット弾の射撃指揮に使われる。

ポークは、首のチェーンから鍵を一本はずした。オフ、タイマー、アクティヴという三つの設定の印がある鍵穴に、それを差し込んだ。〝オフ〟だとロケット弾が発射不能になる。〝タイマー〟はカウントダウンによる発射だった。〝アクティヴ〟にすれば、赤い発射ボタンを押すと同時にロケット弾が発射される。

ポークは、鍵をまわして〝タイマー〟にした。自分の時計に合わせてスクリーンの中央にカウントダウンの数字を打ち込み、午前零時にロケットが起爆するようにした。それから、〝設定変更禁止〟を選択した。そこではじめてカウントダウン・タイマーが表示された。

あと三十分。

ポークは鍵を抜いた。それにより、鍵を差して〝オフ〟に切り換えない限り、発射を中止できなくなった。たとえだれかが発射システムを海に投げ込んでも、カウントダウンはつづく。

攻撃が成功した暁《あかつき》には、傭兵たちも利益を得ることになっているが、ポークは彼らを信用していなかった。破壊工作員が混じっている可能性はつねにあるのだ。

ポークは張り出し甲板に出ていって、鍵を海に投げ込んだ。もうだれも発射をとめることはできない。

「五人呼んでくれ。おれといっしょに来てもらう」ポークは、傭兵の指揮官にいった。五人を連れて、第四船艙へ行った。黒い筒に収まっているロケット弾が、空に向かって直立していた。何時間も前に蓋をはずし、点検してある。

ラスマンも、貨物が損傷しないようにする仕事はきちんとやっていた。

ヌランベイからシドニーまでの航路は荒れることがあるので、なにかの拍子で発射されるのを防ぐために、ロケット弾には安全ピンを差してあった。ピンには〝安全解除の際には取りはずすこと〟と書かれた赤い布のリボンが付けてある。

「安全ピンを慎重に抜け」ポークは、リボンを示して、配下五人にいった。「はずしたら持ってこい。おれが処分する」鍵を投げ捨てたのとおなじ理由から、安全ピンも海に捨てるつもりだった。

まるで儀式のようなそぶりで、ポークはリボンを引き、二百九十六発のロケット弾の一発目を安全解除した。だれも忘れられないような大晦日のパーティを開始することを思うと、かすかな興奮をおぼえた。

67

午後十一時三十一分、黒ずくめでサプレッサー付きのヘッケラー&コッホMP5サブマシンガンを携帯したカブリーヨは、〈ケンタウルス〉の手摺を乗り越えた。船内は照明がついていたが、鋼鉄の甲板から震動が伝わってこないので、主機は運転されていないようだった。

船艙四つのうちふたつの艙口があいていた。ロケット弾の発射準備が整っているにちがいない。

レイヴンの頭が甲板の上に出たとき、角を曲がってくる足音をカブリーヨは聞きつけた。とまれという合図のシーッという音をモラーマイクに吹き込んだ。

カブリーヨは、〈ケーバー〉のナイフを鞘から抜き、ロープ巻き揚げ機の蔭にしゃがんだ。傭兵ひとりが角から姿を現わした。中国製のサプレッサー付きサブマシンガン——〇五式微声冲鋒槍（QCW‐05）——を、あまり警戒していないそぶりで持っていた。侵入されることなど心配していないようだった。カブリーヨはその男の体をうしろからつかみ、口を手で押さえて声が出せないようにしてから、ナイフを背中に突き刺した。傭兵は一瞬もがいたが、すぐにぐったりとなった。

カブリーヨは、シーッという音を二度鳴らし、敵影がないことを伝えた。レイヴンが甲板にあがり、エディー、エリック、リンク、シルヴィアがつづいてあがってきた。死体を海に投げ込むと大きな音をたてるので、巻き揚げ機の裏にエディーがひきずっていき、ばらけたロープを上にかぶせた。

カブリーヨが先導して、上部構造の水密戸《すいみつど》へ行った。乗組員区画は五層にわたっていた。ブリッジまで、各層を掃討しながら昇っていくことになる。

最初の二層で、カブリーヨたちは音もなく三人を排除した。ひとりをレイヴンのクロスボウ、あとのふたりをナイフで仕留め、死体を隠した。三層目で袋入りのポテトチップを食べながら食堂から出てきた傭兵が、シルヴィアと鉢合わせしそうになった。傭兵が反応する前にシルヴィアが股間《こかん》を蹴ったので、カブリーヨはびっくりした。リンクがドアの枠《わく》にその男の頭を叩きつけて片付けた。

かなりの騒ぎだったが、警報は鳴らなかった。

傭兵の死体は、食堂の脇のなにもない調理室に引きずり込んだ。最初に解毒剤を探すことになっていた場所だ。マーフィーや体が麻痺しているひとびとに必要な量を運ぶために、全員が折りたためるナイロンのダッフルバッグを持っていた。六百五十人分あれば足りる。

　ウォークイン冷蔵庫が、解毒剤の保管には最適なはずだった。カブリーヨが扉をあけたが、大量の解毒剤を保管できるような容器は見当たらなかった。代わりに見つかったのは、胸に弾丸の穴があいている死人ひとりだった。

「ポークを怒らせたんでしょうね」エディーがいった。

「こいつがポーク本人でなくて残念だ」カブリーヨはいった。「先へ進もう」

　六人は、乗組員区画をなおも上に昇り、途中で敵をふたり殺してから、ブリッジに達した。そこにいたのはひとりだけだった。あわててライフルを取ろうとしたが、レイヴンが音もなく片付けた。

　エリックとシルヴィアは、蓋があいている金属製のケースが置かれた制御盤のほうへ走っていった。カブリーヨはレイヴンとリンクに命じて、船長室に解毒剤を探しにいかせた。

「これがロケット弾制御パネルよ」シルヴィアがいった。「もう作動されている。発射まで二十分」

「安全化できるか?」

エリックが首をふった。「鍵がない」

「これを壊したらどうだ?」カブリーヨはきいた。

「だめよ」シルヴィアがいった。「MR‐76発射制御システムは、ふたつの部分から成っている。これを壊すか、信号を妨害しても、カウントダウンはとめられない。個々のロケットを発射不能にしないといけない」

「ピッキングできないか?」

「難しいでしょうが、やってみます」

エディーが、ピッキングの道具をエリックに渡した。

「まだポークが見つかっていない」カブリーヨはいった。「やつが鍵を持っているだろう。当面、艙口を閉じて、ロケット弾の発射を防ぐしかない」

あいている艙口を閉じるボタンを押した。

レイヴンとリンクが戻ってきた。

「解毒剤はなかった」レイヴンがいった。

「冷蔵庫の死体の顔写真を見つけましたよ。あれが船長です」

「ポークを見つけなければならない」カブリーヨはいった。乗組員居住区にはいなかったので、つぎは機関室か船艙を探すことになる。

機関室とその周辺のカメラの画像は、ブリッジで見ることができた。機関室と発電用の補機室がモニターに映っていた。

カブリーヨはスクリーンを仔細《しさい》に見て、あるものに気づき、緊張した。

「この船には退避区画《シタデル》がある」

「なんですか?」シルヴィアがきいた。

「シタデルは乗組員の身の安全をはかるための区画だよ」エリックが説明した。「海賊に船を乗っ取られたとき、乗組員がそこに退避して立て籠《こ》もる。長い籠城《ろうじょう》に備えて、たいがい食料と水を大量に貯蔵してある」

「わたしたちが乗り込んだことにポークが気づいて、シタデルに行ったら、午前零時前にそこの扉を破ることはできない。レイヴン、エディー、いっしょに来てくれ。シタデルを確保する。リンク、エリックとシルヴィアが発射機を使用不能にする作業をやっているあいだ、ふたりのそばにいてくれ」

カブリーヨとあとのふたりが階段に向けて駆け出したとき、エリックとシルヴィアはすでにピッキングの道具を持って、制御盤の上にかがんでいた。

ポークが配下とともに船艙から甲板に出たとき、艙口が閉まりはじめた。

「ブリッジの見張りはなにをやっているんだ？」上部構造に向けて走りながら、ポークはいった。水密戸に近づいたとき、なにかで濡れている甲板で足が滑った。オイルかと思ったが、ポークはもっとよく見た。

暗いなかでその水溜まりは黒く見えたが、まちがいなく血のにおいを発していた。血痕をたどると、ロープの山の下から靴が突き出しているのが見えた。ポークと配下がロープをどかすと、傭兵の死体があった。

ポークは激怒して目を剝《む》いた。これまで二度戦ったのとおなじ集団の仕業にちがいない。

「侵入者がいる」

彼らがまだシタデルを占領していないことを願うしかなかった。ポークは死んだ傭兵のサブマシンガンを持った。

ポークは警備班長を睨みつけた。「三人連れていって、シタデルを確保しろ。おれはあとのふたりを連れてブリッジへ行く。だれかを見つけたら殺せ」

答を待たずに、ポークは配下とともに外側の階段に向けて駆け出し、ブリッジを目指した。

68

〈ケンタウルス〉の退避区画《シタデル》は、船内の奥底、主機関室の隣にあった。カブリーヨ、エディー、レイヴンが着いたとき、厚さ五センチの鋼鉄の扉は大きくひらいていた。なかにだれかがいた場合に撃ち倒すために、三人は音をたてるのもかまわず突進したが、だれもいなかった。

二階建てのその区画には、発電用の補機に加えて、操船に最低限必要な装置と、外部と通信できる設備があった。奥の棚にはボトルドウォーターや調理済み食料のパレットが保管されていた。その横にいくつか保管用ロッカーがある。上の甲板へ上る梯子もあった。頭上一〇メートルには換気のためのハッチがあり、壁に取り付けた鋼索をぴんと張って固定してあった。海賊が外からハッチをあけて、銃弾をシタデル内にばらまいたり、手榴弾を投げ込んだりするのを防ぐための仕組みだった。

「あとのやつらはどこ?」レイヴンがきいた。

「わからない」カブリーヨはいった。「しかし、ポークが先に来ていなくてよかった。その扉は核爆発にも耐えそうだ」

　捜索するあいだ背後から襲われないように、カブリーヨはシタデルの扉を閉めて閉鎖レバーで固定した。エディーが階段を昇って、上の層の扉を閉めにいった。

　エディーが、外からあかないようにレバーで掛け金を固定しようとしたとき、扉がぱっとあいた。傭兵のひとりがサブマシンガンをぶっ放しながら突進してきた。だが、エディーは銃口が自分のほうに向けられる前に、その男の両腕をつかんだ。

　ふたりがもみ合っているときに、傭兵がもうひとりはいってきた。エディーに当たるおそれがあるので、カブリーヨとレイヴンは発砲できなかった。ふたり目の傭兵が、レイヴンに向けて一連射を放った。銃弾がレイヴンの胸に縫い目をこしらえるのを、カブリーヨは見た。レイヴンが倒れた。

　エディーは、梃子の力を利用して、傭兵を手摺の上から投げたが、相手はエディーの体をつかんだままだった。ふたりいっしょに宙で回転し、鋼鉄の甲板に着地したので、カブリーヨはもうひとりの傭兵を狙い撃つことができた。三点射を放つと、血しぶきとともに傭兵の首がうしろに折れた。

　エディーと敵ひとりは、激しい格闘をつづけていたが、カブリーヨは応援に行けなかった。さらにふたりの傭兵が、最初のふたりよりもずっと用心深くはいってきた。カブリーヨが発電機の蔭に跳び込んだとき、銃弾が金属に食い込んだ。発電機の反対側に倒れていたレイヴンがうめき、痛みに顔をゆがめて、胸をさすった。カブリーヨは手をのばして抗弾ベストのショルダー・ストラップにひっかけ、レイヴンをひきずり寄せた。

カブリーヨが発電機の上から覗くと、男ふたりが階段をおりてくるのが見えた。ふたりが発電機に銃弾を浴びせ、カブリーヨは体をひっこめた。

レイヴンが、顔をしかめて起きあがった。

「負傷したのか？」カブリーヨはきいた。

「肋骨が折れてるかもしれない」血が出ているようすはなかった。レイヴンの抗弾ベストのレベルⅢプレートが、役目を果たしていたが、ひどい痣《あざ》になることはまちがいない。

「戦えるか？」

レイヴンが、むっとしてカブリーヨを睨んだ。「ええ、もちろん」

「やつらは、きみが生きているのを知らないかもしれない。チャンスをこしらえる」

カブリーヨは、ＭＰ５をレイヴンに渡して、拳銃を抜いた。

「準備よし」レイヴンは、発電機の反対側へ這っていった。

カブリーヨは、発電機の上から覗くのではなく、腹這いになり、ターゲットが見える前から撃ちはじめた。命中させる必要はない。囮になればいい。

傭兵ふたりはすばやく横に動き、銃声のほうへやみくもに撃った。ふたりの注意がカブリーヨに向いていたので、レイヴンは弾薬を節約しながらひとりずつ撃つことができた。甲板に倒れる前に、ふたりとも死んだ。

カブリーヨはぱっと立ちあがり、エディーのそばに駆け寄った。だが、手助けするのには間に合わなかった。エディーはMP5の負い紐《ひも》を相手の首に巻き付けていた。傭兵が動かなくなり、エディーはその男の頭を負い紐から離して甲板に落とした。

「だいじょうぶか?」カブリーヨは、エディーが立つのに手を貸しながらきいた。

エディーが、カブリーヨの手を握り、片足で跳ねた。

「倒れたときに足首が折れたみたいです」エディーがいった。「この男が乗ってきたときに、折れるのがわかった」

カブリーヨは、エディーを階段に連れていって、いちばん下の段に腰かけさせた。もう不意打ちされたくはなかったので、扉に走っていって、死体をどかし、掛け金をしっかりとかけた。

舌でモラーマイクのスイッチを入れた。「リンク、こっちでは、シタデルのなかでちょっと揉めた」

「知ってます」リンクがいった。「モニターで一部始終を見てました。そこにいて手伝いたかった」

「作動されたロケット弾発射を食いとめるほうに、注意を集中してくれ。しかし、まだポークのいどころがわからないから、用心しろ」

「わかりました」

「会長」レイヴンが呼んだ。痛みのために体を曲げ、低い声でいった。「重要なものを見つけたと思います」

カブリーヨは階段をおりて、ロッカーのそばに立っているレイヴンのところへ行った。ひとつのロッカーにダイヤル錠がかけてあった。

「貴重なものにちがいありません」

「見てみよう」

カブリーヨは、エディーが持ってきた携帯ボルトカッターを取りにいった。頑丈な錠前を切り取るには何度もやらなければならなかったが、ようやくはずれた。

ロッカーがあくと、てっぺんから下まで、大きなアルミの箱四個が隙間なく積んであった。

カブリーヨは一個取り出して、留め金をはずした。プラスティック容器の小さなパックが詰まっていた。カブリーヨはひとつのパックを抜いた。

パックには、静注薬物《じょうちゅうやくぶつ》を投与するときに病院で使うような小さなガラス瓶が十二個、収まっていた。割れないように一本ずつエアクッションにくるんである。

カブリーヨは、パックを破ってガラス瓶を一本取り出した。透明な液体が一〇CCはいっている。〝NVL製剤〟と記されていた。沈泥に埋もれた〈サラシア〉から回収しようとした古代ローマ時代のアンフォラに、おなじ文字が刻まれていたことを、カブリーヨは思い出した。NVL、nux viridi lucus――緑の目のナッツ――は、二千年前に体が麻痺するガスの解毒剤として発見された。

「解毒剤よ」レイヴンがいった。エディーのほうを向いた。「見つけたのよ」

エディーが、親指を立ててみせた。

「そのようだな」カブリーヨはいった。「このパックが六十個必要だ」

「この箱はかさばるから運べない」

「ダッフルバッグに入れよう。エアクッションがあるから、すこしぐらい揺れてもだいじょうぶだろう」

カブリーヨは、モラーマイクのスイッチを入れた。

「マックス、聞こえるか？」

「ああ」マックスがいった。「時間がないぞ。あと十三分だ。朗報はあるのか？」

「あるとも」カブリーヨは、笑みを浮かべて答えた。「治療薬が見つかったと、マーフィーに伝えてくれ」

だが、カブリーヨの上機嫌は、長つづきしなかった。イヤホンからひとつの単語が聞こえた。シルヴィアの声だった。

「ガスよ！」

69

ロケット弾発射制御システムをピッキングする作業は、まったく進まなかった。シルヴィアが、鍵を隠してある場所はないかと探しまわってから、ブリッジにいた傭兵がポケットに入れているのかもしれないといった。ポークが持っているにちがいないと、エリックは確信しているようだったが、シルヴィアはとにかく死体を探ってみることにした。

制御システムに注意を集中しているエリックのうしろにリンクが立って、ブリッジの船尾寄りの出入口を見張っているあいだに、シルヴィアは反対側の傭兵の死体のそばへ行った。

シルヴィアが死体のポケットを探ろうとしたとき、ブリッジの向かいにあるべつの出入口が細めにあき、筒のようなものが投げ込まれた。ポンという音とともにそれがひらいて、白い煙が吐き出された。

「ガスよ！」シルヴィアは叫んだ。

リンクは反応するひまがなかった。ガス弾はリンクの両足のあいだに落ちていた。リンクの膝の力が抜け、伐採されたヒマラヤスギの木のように甲板に倒れた。

制御盤にかがんでいたエリックは、ふりむいたとたんに気を失い、制御盤の上に倒れた。

シルヴィアは、息をとめて一部始終を見ていた。息を吸ったらおなじ運命をたどると気づいた。

シルヴィアは、吸収缶が二本付いているガスマスクを死んだ傭兵のベルトからむしり取り、自分の顔に押しつけた。肌にマスクが密着すると、残っていた息を思い切り吐き出し、マスク内に残っていた空気と閉じ込められていたガスを除去《クリア》した。

あたりが真っ暗になるのを予期して、シルヴィアはようやく息を吸った。頭がぼうっとすることはなかったので、自分の反応が間に合ったのだとわかった。髪の上からマスクのストラップをかけ、しっかりと固定しながら、ヘッドセットをはずした。

出入口の上半分の窓を通して、傭兵ふたりがガス弾の効果をたしかめているのが見えた。ガスに影響されていないと知ったら、たちまち殺されるはずだと気づいた。

シルヴィアはオレゴン号の射場で、一度だけＭＰ５で撃ったことがあるだけだったが、いたって簡単に思えた。狙って引き金を引けばいいだけで、連射しても反動は小さい。ＱＣＷ‐50一挺が、死んだ傭兵のそばに転がっていた。それもおなじように簡単に扱えることを願った。

シルヴィアがＱＣＷ‐50を取ると同時に、傭兵ふたりがシルヴィアを見た。シルヴィアはセレクターを〝安全〟からはずし、肩付けして、赤いドットサイトを窓に向け、銃口が跳ねあがらないように押さえながら引き金を引いた。

弾丸がガラスを突き破り、傭兵ふたりに命中した。弾倉に五十発はいっているはずなのに、あっというまに撃ち尽くしたので、シルヴィアは愕然とした。数秒後には、カチリという音とともに、弾薬がなくなった。

ドアが弾丸で穴だらけになっていたが、ターゲットに当たったようだった。傭兵はふたりとも倒れた。弾倉を交換するやりかたをエリックに教わっていなかったので、命中して幸いだった。

エリックとリンクのことが心配になり、シルヴィアは立ちあがった。そのとたんに、〈ナマカ〉が沈没してから忘れたことがない男の顔が目にはいり、たがいに見つめ合った。

アンガス・ポークが、怒気もあらわに銃を両手で持って、ドアを押しあけた。シルヴィアはとっさに階段に向けて駆け出し、間一髪の差で何発もの弾丸がうしろの隔壁《かくへき》に突き刺さった。シルヴィアは階段に跳び込んで、踊り場まで転げ落ち、甲板に勢いよくぶつかった。

背中に激痛が走ったが、意志の力で立ちあがり、うしろを見ないで船内の階段を駆けおりた。

ポークは、配下ふたりをたったいま殺した女に見おぼえはなかったが、あとで見つければいいと思った。がむしゃらに発砲し、連射で弾薬を撃ち尽くしたことからして、プロではないだろう。あの女を狩るのが楽しみだ。

だが、まず艙口をあけなければならない。発射まで十一分しかないし、それだけがロケット弾が新年を祝うのを待っているシドニー市民や観光客を攻撃するための障害だ。

制御盤に向けて歩くとき、モニター一台に映っていた動きがポークの注意を惹いた。黒ずくめの侵入者三人がシタデル内にいて、そこを確保するために行かせた傭兵四人の死体も見えた。

ひとりは階段に腰かけていて、あとの男と女が、ロッカーのそばにひざまずいている。

そのふたりは、〝エネルウム〟の解毒剤の備蓄を盗み、パックごとバッグに入れていた。男が手をとめて、だれにともなく話をしているようだった。

ポークは、ブリッジの制御盤の上に倒れている男を見て、小さなイヤホンをはめているのに気づいた。シタデルの男は、どうして連絡がとれないのだろうと怪訝《けげん》に思っているにちがいない。

もうじきその理由がわかるだろうが、どのみち彼らはどこへも行けない。

ポークは、タッチスクリーンで消火システムを呼び出し、シタデルがある区画の防火扉を操作するメニューを選んだ。厚い防火扉が閉まりはじめた。シタデルにいた男が立ちあがって、防火扉に向かったが、間に合わなかった。シタデルは密閉された。

ポークは、その場所の防火扉閉鎖をマニュアルで解除できないように設定した。

これでだれもシタデルを出入りできない。完全に閉鎖された。だが、気密ではない。ロケット弾が発射されたら、シドニーにいる人間すべてとおなじように、ガスを吸うことになる。

ポークは、シタデルに通じている船内通信のスイッチを入れた。

「おまえらが何者か知らないが」ポークはいった。「おまえらの仲間はこのブリッジで〝エネルウム〟を吸って意識を失い、動けなくなってる。おれの船に忍び込んだのが大きな過ちだったことに、もう気づいてるといいんだがね。まあ、そこでがんばるんだな。そんなに待つことにはならない」

エイプリルが〈マローダー〉に乗って到着すれば——来るはずだと、ポークはまだ希望を抱いていた——やつらは〈ケンタウルス〉もろとも海の底に沈む。

ポークの話を聞いているあいだも、シタデルに閉じ込められた三人は、扉をこじあけようとしていた。やらせておけばいい、とポークは思った。削岩機でもないかぎり、あの扉はびくともしないはずだ。

第三船艙と第四船艙の艙口をあけなければならない。ポークは、スイッチを操作するために、気を失っている男を制御盤から押しのけた。スイッチをはじくと、巨大な艙口がふたたび上に折りたたまれた。

艙口があくと、ポークはサブマシンガンの銃床でスイッチを叩き潰し、ふたたび艙口を閉めようとしても動かないようにした。

それさえやっておけば、侵入者たちがいくら妨害しようとしても、ロケット弾発射は確実に実行される。

ポークは、サブマシンガンに新しい弾倉を押し込み、獲物を狩るために階段に向かった。こんどはあの女と一対一の勝負だ。

70

〈ゲイター〉は、展望塔《キューポラ》だけを水面から出して、〈ケンタウルス〉から一〇〇メートルのところで踟蹰《ちちゅう》していた。マクドはレーザー目標指示装置を確認していた。巨大な双眼鏡のような形だが、対物レンズがふたつではなく三つある。三つ目レーザーのレンズだ。マクドはそれを目に当てて、レイルガンを命中させたいものを見ればいいだけだった。

「艙口がまたあくわ」コクピットからリンダがいった。

「なんだって?」

「船艙の扉があきかけてるのよ」

マクドは艇首のほうへ行って、リンダの横の狭いスペースに潜り込んだ。〈ケンタウルス〉が巨大な海獣のように聳え、風防いっぱいにひろがって見えた。リンダがいうとおり、上部構造にもっとも近い船艙の上の扉が折りたたまれて直立していた。

リンダが〈ケンタウルス〉のブリッジにいる三人と連絡をとろうとするあいだ、マクドは耳を澄ましていた。

「エリック、応答して」リンダがいった。「そっちはどうなってるの？」

応答はなかった。

「会長、リンダです。応答して。お願い」

「わたしだ」

「ブリッジの三人と連絡がとれないし、艙口がまたあいてるのが見える。ロケット弾を発射できるようになった」

「いましがた、ポークが話しかけてきた。リンク、エリック、シルヴィアに〝エネルウム〟を吸わせたといっている」

「ロケット弾はまだ発射されてない」

「手投げ弾か発煙弾を使ったにちがいない。しかし、わたしたちは船底近くでシタデルに閉じ込められた。脱出しないといけないが、いまのところ見込みがない。ここはフォート・ノックスなみに密閉されている」

「わたしたちにできることは？　乗り込んだほうがいい？」

「だめだ」カブリーヨはいった。「じっとしていてくれ。〈ケンタウルス〉に照準を合わせるのに、きみたちが必要だ」

マクドは、リンダの顔を見た。「おれっちが行って戦ったほうがいい」

リンダは、決然とした表情で、マクドを見返した。「会長になにか考えがあるのよ」


二層下まで行ったときにはじめて、シルヴィアはポークが放ったうちの一発が脚をかすめていたことに気づいた。まるでヘンゼルとグレーテルが目印に撒いたパン屑《くず》のように、小さな血痕を点々と残してきたから、ポークにその跡をたどられてしまう。いまさら隠れても無駄だ。なんとかして阻止しない限り、八分以内にロケット弾が発射される。だが、エリックとリンクが動けず、ポークが追ってくるという絶望的な状況だった。たとえ死んでいる傭兵のサブマシンガンをまた手に入れたとしても、元兵士と撃ち合って勝てるとは思えなかった。

それでも、なにかやらなければならない。ポークが血痕をたどって追ってくるようなら、それを利用しておびき寄せることができるかもしれない。

壁に消火用斧《おの》があった。それを台座からはずし、重さを確認した。かなり重かったが、思い切り一度ふることはできそうだった。

シルヴィアは、つぎの角へ行って曲がった。壁にもたれ、斧を両手で持って待った。

ポークがまたガス弾を投げた場合に備えて、シルヴィアはガスマスクをまだ付けていた。フィルターを通る空気の音をできるだけ小さくしようとして、呼吸を加減した。ポークは動いているから、もっと大きな音をたてて呼吸しているだろう。そのせいで音を聞きつけられないはずだと思った。

ポークが来るまで、そう長く待つ必要はなかった。ダース・ベイダーのような息遣いがしだいに大きくなった。じっくり時間をかけて獲物に忍び寄ろうとしているような感じだった。

斧をふるのは一度しかできないから、念を入れて狙う必要があった。恐ろしい呼吸音がどんどん近づき、角のすぐ向こうにいるような感じだった。

ポークが姿を現わすのを待たずに、シルヴィアは斧を胸の高さで横にふった。ポークが柄《え》をつかんで斧をそらそうとしたが、攻撃されたことに驚愕したため、角度の判断を誤った。斧の鋭い刃がポークの右手首を深く切り裂き、勢い余って壁に食い込んだ。

ポークが悲鳴をあげ、切られた手首から血が勢いよく噴き出した。手の力が抜けて、ぶらりと下がり、サブマシンガンを落とした。

怒りのあまり、ポークはサブマシンガンのことも忘れて、怪我をしていないほうの手をシルヴィアのほうにのばし、ガスマスクの吸収缶をつかんだ。激怒して目を剝き、恐ろしい形相になっているのを、シルヴィアはガスマスク越しに見た。密封するためのゴムの部分がゆるんだが、ストラップが頭にかかっていたので、ガスマスクは落ちなかった。

　シルヴィアは壁から斧を引き抜こうとしたが、抜けなかった。ポークが落ち着きを取り戻したら、マスクから手を放して、喉に手をかけ、絞め殺そうとするにちがいないと、シルヴィアは気づいた。

　シルヴィアは、ストラップがはずれるように首をまわし、うしろに倒れ込んだ。ポークも倒れたが、切られた手首の上に体が乗り、苦しげな悲鳴をあげた。

　シルヴィアは、その隙に駆け出した。廊下の突き当たり近くまで行ったとき、弾丸がそばを飛んだが、ポークが左手だけで撃っていたので、狙いが大きくそれていた。

　シルヴィアはつぎの廊下を進み、食堂と調理室に近づいているとわかった。ポークは見つけるまであきらめずに追ってくるはずだから、むしろ見つけやすくしてやろうと、シルヴィアは決心した。もうガスマスクをつけていないことをポークが知っているのを、逆手にとるのだ。

71

エリックは、はっとして意識を取り戻した。顔がボタンかなにかに押しつけられているのが感じられた。目をあけると、ブリッジの制御盤の上に倒れているとわかった。頭を働かせようとしたが、どうしてここにいるのか、わからなかった。最悪だったのは、首以外はまったく動かせないことだった。

ロケット弾発射を中止させるために、ピッキングの道具で鍵穴をいじくっていたというのが、最後の記憶だった。そのあとからいままでは、空白だった。

リンクが甲板に横たわっているのが、目の隅に見えた。意識があり、おなじようにまばたきはできるが、言葉は発していない。

リンクのそばの甲板に、筒型の発煙弾が転がっていた。

そのときエリックは、ガスを吸わされたにちがいないと気づいた。〝エネルウム〟を吸うと、体が麻痺するほかに、短期の記憶を失うという症状がある。マーフィーも意識を失ったことを憶えていなかった。

エリックは、精いっぱい首を動かしたが、シルヴィアの姿はどこにも見えなかった。ピッキングの道具は、エリックが作業していたときのままの状態で、鍵穴に差してある。ケースのディスプレイは、依然として午前零時に向けてカウントダウンしている。

ブリッジのモニター一台に映っていた動きが、エリックの注意を惹いた。会長とエディーが扉を叩いてあけようとしている光景が映っていた。防火扉が閉鎖され、シタデルに閉じ込められたのだ。

エリックは両腕を動かそうとしたが、手を計器盤にぶつけただけだった。防火扉をあける操作はできない。

そのとき、もっと気がかりなことを見つけた。艙口を開閉するスイッチが、ガスで気絶していたあいだに壊されていた。

だれかに伝えなければならない。声を出すことはできないが、舌は動く。エリックは、モラーマイクのスイッチを入れて、オレゴン号を呼び出した。

舌で口蓋を叩くことしかできない。

「通信システムから、変な信号が聞こえてます」オレゴン号のオプ・センターで、通信長席に座っていたハリがいった。「空電雑音かと思いましたが……」興奮して、座り直した。「待って。モールス符号だ」

指揮官席でマックスが身を乗り出した。「スピーカーにつなげ」

舌を鳴らすような音が、モールス符号のトンとツーを表わしていた。

「エリックだ」マーフィーがいい、親友から連絡があったことを「イヤッホー」という歓声で強調した。三人ともモールス符号がわかるが、聞きながらマーフィーが単語を読みあげた。

「エリック、ここ。ブリッジに、いる。リンク、生きてる。ガスで麻痺した」

「ポークがブリッジにいた全員にガスを吸わせたといったのは、はったりだったんだ」マックスがいった。

「シルヴィアはどうした？」妹のことが心配になって、マーフィーは眉根を寄せた。

「ここにはいない。どこだ？」エリックがモールス符号で返事をした。

「わからない」マックスはいった。「彼女から連絡がない」

「艙口は閉じているか？」エリックがきいた。

「いや」マーフィーがいった。「あいてる」

「閉じられない。スイッチを壊された」

「それじゃ、ロケット弾発射をとめられない」ハリがいった。「会長がシタデルから出られても」

「ファンとつないでくれ」マックスはいった。「ファンに知らせなきゃならない」

シタデル内では、カブリーヨたちがさきほどから防火扉をあけようとしていたが、進展はなかった。エディーがマニュアル制御装置を作動しようとしたが、ブリッジからの操作で閉鎖を解除できないようになっていた。カブリーヨはナイフを、左右から通路を閉鎖している防火扉の隙間に差し込んだ。こじあけようとしたが、びくとも動かなかった。

カブリーヨは、傭兵がはいってきた上の層の扉をあけようとしていたレイヴンに大声できいた。

「そっちはどうだ?」

「まったくだめ」レイヴンがいった。扉をこじあけようとしているせいで、苦しそうな声だった。「肋骨が肺に食い込みそうだから、あまり力がはいらないのよ」だが、レイヴンは作業をつづけた。

カブリーヨは腕時計を見た。午前零時まであと八分。

「ファン、最新情報を伝える」マックスの声が、イヤホンから聞こえた。

「どうぞ」

「エリックから連絡があった」

「生きていてよかった」

「リンクもだ。しかし、ふたりとも体が麻痺してる。艙口をまた閉めることはできないと、エリックがいってる。スイッチを壊された」

「ポークはまだ船内にいるのか?」カブリーヨはきいた。

「だれも船をおりてないと、リンダが報告してきた」

「シルヴィアは?」

「連絡がとれない。シタデルから出られるか?」

「そっちはあまり有望ではない」

「それじゃ、困ったことになったな」マックスがいった。

「そのようだ」

カブリーヨは方策を考えた。ロケット弾を発射不能にするのは無理だし、船艙内に封じ込めることもできなくなった。

解毒剤を持ち出し、チームが安全なところまで離れてから、オレゴン号に〈ケンタウルス〉を破壊させるという代案《プランB》も、いまとなっては使えない。

マクドとリンダを〈ケンタウルス〉に乗り込ませることもできない。ポークに殺されるか、〈ゲイター〉に戻れなくなるおそれがある。つまり、ロケット弾とそれに充塡された〝エネルウム〟がシドニーを壊滅させるのを阻止する手段はない。

したがって、選択肢はただひとつだ。カブリーヨが考えていることを、エディーが口にした。

「〈ケンタウルス〉が沈没するまで、どれくらいかかると思いますか？」エディーがきいた。

「レイルガンの砲弾は音速の七倍で飛ぶ。装甲されていない船にそれだけの運動エネルギーで砲弾が当たれば、船腹を破って、竜骨も貫通するだろう。狙い澄まして四、五発撃てば、五分かそれ以下で沈没するはず」

エディーがゆっくりとうなずき、腕時計を見た。「あと七分です」

カブリーヨは、階段の上を見た。「レイヴン、その扉があく可能性は？」

レイヴンが首をふった。「RPGがないと無理」

カブリーヨは、背中をそらして、やらなければならないことを考えた。そのとき、一〇メートル上に換気用ハッチがあるのに気づいた。それを固定しているケーブルをはずすことができたとしても、そこまで登るのは無理だ。

　しかし、そこまで到達するべつの方法がある。

「時間がない」エディーがいった。「どうしますか？」

「ひとつ案があるが、危険が大きい」

　エディーが肩をすくめた。「なにも案がないより、危険な案のほうがいい」

　オレゴン号の乗組員は全員、〈コーポレーション〉に参加したときから危険は承知している。これまでにも乗組員を何人か失っているし、オレゴン号、乗組員仲間、大きな善のために彼らが犠牲になったことを忘れないように、命を落とした乗組員を追《つい》悼《とう》する楯板《たていた》が会議室の壁を飾っている。これがうまくいかなかったら、自分たちの楯板も飾られるだろうと、カブリーヨにはわかっていた。だが、ほかに方法はない。

「マックス、あんたはわたしの代案《プランC》が大嫌いだったな？」

「ああ」マックスが、疑わし気な声を出した。「たいがい正気とは思えないくらい危険だからな」

「じつはそういう案があるんだ。あんたはきっと嫌がるだろう」

「どうして？」

「マーフィーに、〈ケンタウルス〉が海中に沈み、艙口があいたままロケット弾が発射されたらどうなるか、きいてくれ」

マックスがその質問を伝えた。数秒後に、答が返ってきた。「発射機に浸入した海水の水圧で、発射と同時に爆発する」

「では、答が出たようだな」

「だめだ」カブリーヨが命じようとしていることを察して、マックスがいった。「ほかの方法があるはずだ」

「あいにくだが、ない」カブリーヨはいった。「それどころか、わたしたちが脱出するには、そうするしかない。ただちに〈ケンタウルス〉を撃沈しろ。これは直接命令だ」

72

オレゴン号のオプ・センターを不気味な静けさが支配していた。ハリとマーフィーに見つめられているのを、マックスは感じた。スクリーンに目を凝らし、遠くの〈ケンタウルス〉を捉えている港務局のカメラの画像を見た。船内の奥底に閉じ込められたカブリーヨたちが悲運を待ち受けている光景を、思い浮かべずにはいられなかった。

オレゴン号の初航海がこんなことになるとは、マックスは想像もしていなかった。マレーシアの造船所から予定よりも早く出航したときには、テロリストの攻撃を防ぐ短時間の任務だけで終わるはずだった。それがいまは、親友を殺してしまう懸念がある。

「チームが乗っているのに、ほんとうに〈ケンタウルス〉を沈めるんですか？」ハリがきいた。

「ファンの命令を聞いたはずだ」マックスはいった。安心させようとして、つけくわえた。「心配するな。ファンはけっしてあきらめない。おれたちもおなじだ」

「シルヴィアが生きてるのがわかってる」マーフィーがいった。親友のエリックが〈ケンタウルス〉もろとも海の底に沈んでしまうことは、いうまでもなかった。

「ファンがシルヴィアを見つけ、エリックとリンクを救い出すために、最善を尽くすだろう。これをやれるな?」

「ああ。シドニーを救うために、シルヴィアだっておなじことをやるはずだ」

「レイルガンを射撃位置に出せ」マックスはいった。「ハリ、マクドとつないでくれ」

「レイルガン、すべて準備よし」マーフィーがいった。

スクリーンの画像が変わった。〈ケンタウルス〉が大写しになり、カメラの向きが船首から船尾へとゆっくり動いた。

「画像は見てますか?」マクドがきいた。

「見てる」マックスは答えた。「マーフィーがレイルガンを安全解除し、撃つ準備ができてる」

「ターゲットは?」

「喫水線《きっすいせん》だ」マーフィーがいった。「艙口があいてる船艙じゃない」

「いいか」マックスが念を押した。「〈ケンタウルス〉を沈没させるのが目的だ。ロケット弾には当てるな。五発撃つ。それであっというまに沈没するだろう」

「一発目は船首ですね。あとの四発の照準は指示してください」マクドがいった。

画像が横に流れ、船首が映った。グリーンの輝点《ドット》がスクリーンに現われた。ステンシルで〈ケンタウルス〉と描かれているのが見えた。

マックスは、一発目の適切な射撃諸元《しょげん》をコンピューターが自動的に計算したことを、マーフィーが確認するのを待った。

マーフィーは沈黙していた。肩で呼吸をしているのを、マックスは見て取った。

「マーク」マックスはいった。「やらなきゃならないんだ」

マーフィーが、ようやくいった。「ターゲット捕捉《ほそく》」

「撃て」

レイルガンがタングステン製の砲弾を撃ち出し、オレゴン号が揺れた。

「一発目発射」マーフィーがいった。「二発目を装填中」

リンダは、〈ゲイター〉をさらに一〇〇メートル、〈ケンタウルス〉から遠ざけていた。マクドがハッチに立ち、目を凝らしてレーザー目標指示装置を覗いていた。

オレゴン号が七海里沖にいるので、超音速の砲弾がターゲットに達するまで五秒かかる。砲弾は非誘導なので、弾道を描いて飛ぶ。また、つぎのターゲットを選択するまで、マクドがレーザーで照射しつづける必要はない。

映画とはちがって、砲弾の襲来を告げる甲高い口笛のような音は聞こえない。藪から棒に〈ケンタウルス〉の船首に大きな穴があいた。砲弾は爆発しない。ただの金属の塊にすぎない。砲弾の運動エネルギーだけで被害をあたえる。黒い穴から海水が流れ込んだ。

すぐあとにソニックブームが轟《とどろ》き、〈ゲイター〉が揺れた。

「みごとに命中」マクドが、満足気にいった。

「ターゲット2を捕捉しろ」マックスが指示した。

マクドが、船尾方向にレーザー目標指示装置をすこし動かし、一番デリックの真下に照準を合わせた。

「準備よし」

「撃て」

マクドは五秒待った。まるで船体に金的《きんてき》を描いていたような感じだった。船体が薄紙でできていたかのように、砲弾に切り裂かれた。

〈ケンタウルス〉の船首はすでに沈みはじめていた。

「撃ちつづけろ」マックスがいった。

三発目は第二船艙だった。三発撃ち、三発とも狙いどおりに当たった。不快な目的のためでなかったら、マクドは〈コーポレーション〉のチームワークとエンジニアリングの技倆を楽しんでいたはずだった。

マクドは、レーザー目標指示装置を上部構造に向け、ブリッジの真下の喫水線に照準を合わせた。最後の五発目では、スクリューの真上で船尾を狙った。

ふつうなら、〝よくやった〟というようなことをマックスがいうはずだと、マクドにはわかっていた。しかし、そういう言葉は、この状況にはふさわしくない。

だからマックスは「終わった」といった。

〈ケンタウルス〉が水面を割って沈むのを、マクドはしばし眺めた。この分だと、午前零時に花火が打ちあげられる前に、シドニー港の海底にぶつかりそうだった。

〈ケンタウルス〉にいるチームのためにやれることは、なにもなかった。マクドは艇内におりて、ハッチを閉めた。

リンダが、コクピットからマクドのほうを見た。

「会長には計画があるのよ」自分を納得させようとするような口調で、リンダがいった。「いつもそうなの」

「だといいんだけど」

マクドがそういったとき、午前零時四分前になっていた。

73

ポークは、右手首の腱《けん》を叩き切った謎の女に代償を払わせると誓ったが、追跡をつづける前に、出血を抑えなければならなかった。腕に止血帯を巻き終える直前に、最初の衝撃が〈ケンタウルス〉を襲った。

爆発のような感じだったが、まだ午前零時にはなっていない。ロケット弾が定刻よりも早く発射されたのだろうかと、ポークは思った。すると、つぎの衝撃でまた船体が揺れ、さらにもう一度、衝撃がつづいた。真下に直撃を食らったとき、ポークは倒れた。五度目の衝撃で終わったらしく、船内はまた静かになった。

何者かが〈ケンタウルス〉を砲撃している。ほかに考えようがなかった。侵入者と関係があるにちがいない。爆発のせいで、〈ケンタウルス〉は船首方向へ傾いていた。〈ケンタウルス〉は沈みかけている。

どうでもいい。ロケット弾は発射されるはずだ。何者が攻撃しているにせよ、そいつらも〝エネルウム〟で動けなくなる。自重で水面に落下する救命艇に乗って、エイプリルが来るのを待てばいいだけだ。

止血帯をしっかり巻くと、ポークは痛みに歯を食いしばり、サブマシンガンを握り直した。白いリノリウムに女の血痕が残っていて、ネオンをたどるみたいに簡単に追跡できる。

血痕を目印に何度か角をまわり、食堂に通じるドアに行き当たった。女はそこに隠れているにちがいない。

また斧の待ち伏せ攻撃を食らうのはまっぴらだと、ポークは思った。ガス弾がもう一発残っているし、ガスマスクは女の顔から剝ぎ取った。ガスを吸わせれば、女はひとたまりもない。

意識を失っているのを殺しても、たいした満足は得られないだろう。そのとき、ポークは気づいた。女を始末するのに、時間はいくらでもある。体が麻痺した状態で女が意識を取り戻すまで待てばいい。それから、どうにでも好きなように始末すればいい。

ポークは、ガスマスクが確実に密封されていることをたしかめてから、ドアを足で半開きにした。ベストからガス弾をはずし、歯でピンを抜いた。ピンを吐き出し、レバーを離して、カウントした。

三つ数えたところで、ドアの隙間からガス弾を投げ込み、ドアが自然に閉まるのを待った。破裂音につづいて、ガスが噴き出す音が聞こえた。

女が倒れるドサリという音が聞こえるのを期待して、たっぷりと時間を置いた。だが、隅で縮こまっているか、あるいはウォークイン冷蔵庫に隠れていることも考えられる。冷蔵庫の扉が閉まっていたら、あけてガスを入れ、女を麻痺させればいい。

物音はなにも聞こえなかった。もう意識を失っているにちがいない。それでもポークは用心した。小柄なくせに勝気な女だし、すでに一度、騙《だま》し討ちをやられている。

ポークはドアを押しあけ、サブマシンガンを前方に向けて、身を低くしながら進んだ。

白い霧が充満していた。ポークは食堂を調べたが、テーブルにはなにもなく、床にも人影はなかった。女は調理室にいるにちがいない。

ドアがあいていたから、ガスは調理室にも達したはずだった。ポークは用心深く戸口に近づいた。

だれも跳びかかってきたり、斧で切りかかったりしなかった。なかにはいると、ウォークイン冷蔵庫のドアが大きくあいているのが見えた。なかはよく見えなかったが、女がそこにいたのなら、とっくに意識を失っているにちがいない。

さらに足を進め、目にはいったものを見て、にやりと笑った。調理室のコック用アイランドの蔭から、ブーツが突き出していた。

自分がやったことの成果を見ようとして、腕の痛みを一瞬忘れ、ポークはいそいそとそこへ行った。

だが、アイランドをまわったとき、もっとも小柄な傭兵が倒れているのを見て、愕然とした。その男の足は、エイプリルよりも小さい。

さらに、べつのことにも気づいて、ポークは恐怖にかられた。男のベルトからぶらさがっているはずのガスマスクがなかった。

ポークは、申し分なくシルヴィアの罠《わな》にはまった。倒れているのを早く見ようとして焦《あせ》り、アイランドの蔭にひきずりこまれた死んだ傭兵とシルヴィアのはいているブーツがちがうことに、ポークは気づかないにちがいないと、シルヴィアは予想していた。

傭兵から奪ったガスマスクをきつめに取り付けていたシルヴィアは、ウォークイン冷蔵庫から駆け出して、ポークの背中に跳びつき、片手を首に巻き付け、両脚でポークの腰を挟んだ。

ポークは、急に重心が移動したためにバランスをくずし、うしろによろけて、天井に向けてサブマシンガンを発射した。吊るしてあった鉄鍋から何発かが跳ね返ったが、ポークとシルヴィアには当たらなかった。

ポークは、まずサブマシンガンでシルヴィアを撃とうとしたが、まともな射角が得られなかった。サブマシンガンを捨て、シルヴィアの指を押し潰してふり落とそうとした。

ポークが力をこめると、シルヴィアは悲鳴をあげたが、離れなかった。反対の手で、ポークのガスマスクの縁をこじり、顔とのあいだに隙間をこしらえた。周囲の空気が、フィルターで濾過《ろか》されずに、マスク内にはいった。

ポークのガスマスクを剝ぎ取る必要はない。ポークに先にガスを吸わせればいいだけだ。

ポークは、シルヴィアの目論見《もくろみ》に気づいたにちがいない。シルヴィアの背中を冷蔵庫の扉にぶち当てた。階段を落ちたときにぶつけた背骨に激痛が走ったが、シルヴィアはしがみついたまま、ガスマスクに隙間をこしらえつづけた。

シルヴィアは、ポークを激怒させ、危険にさらされているのも忘れて逆上するように仕向けるつもりだった。なにをいえばいいか、シルヴィアにははっきりとわかっていた。

「奥さんから連絡がないでしょう?」シルヴィアは甲高い声でいった。「彼女が死んだからなのよ。海の底に、〈マローダー〉もろとも沈んだのよ」

ポークはわめかなかった。怒りに震えているのを、シルヴィアは感じ取った。ポークが、さっきよりも強くシルヴィアを扉に叩きつけると同時に、彼女の片脚を横にひっぱった。そのため、シルヴィアはふり離され、床に落ちた。

ポークが向きを変えて、シルヴィアを睨みつけた。ガスマスクの奥で怒りのあまり目を剝いていた。マスクはふたたび顔に密着していた。

「おまえを殺す」ポークがうなり、とめていた息を吸うために、胸をふくらませた。

「マスクをクリアするのを忘れたわね」シルヴィアはいった。

シルヴィアが隙間をこしらえていたあいだにマスク内にはいったガスが、そのまま残っていた。それだけで効き目があることを、シルヴィアは願った。

シルヴィアのいうとおりだと気づいて、ポークはぞっとした。シルヴィアのほうに手をのばそうとしたが、そこで白目を剝いた。シルヴィアの上に倒れ込んだ。

シルヴィアは、ポークを押しのけ、横に転がした。

すばやくポケットを探ってロケット弾制御装置の鍵を探したが、見つかったのは携帯電話だけだった。ロケット弾発射を中止できるアプリがあるかもしれない。

シルヴィアは、ポークのガスマスクを剝がし、携帯電話を顔に向けた。顔認証でロックが解除されると、再度ロックされないようにすばやく設定した。

意識を失っていても、ポークはすさまじい形相だった。

「わたしの家族に手出しした報いよ」シルヴィアはいった。

急いで立ちあがり、ブリッジに向けて駆け出した。

74

カブリーヨは、〈ケンタウルス〉が沈むのを利用してシタデルから脱出するつもりだった。一〇メートル上の換気用ハッチに達するには、それしか方法がない。船が沈めばシタデルも浸水し、ハッチをあけられるところまで三人が浮きあがる。シタデルの下の層の防火扉は水密戸ではないので、そこからまず水がはいってくるはずだった。

問題は、隔壁とハッチをつないで固定しているケーブルだった。太さが二・五センチで、巨大なナットとボルトでぴんと張ってある。隔壁にケーブルを取り付けるための輪付きボルトは、天井との中間にあって、手が届かない。足場にできる高いものは食料品の棚だけだが、部屋の反対側の床にボルトで固定されている。

カブリーヨは、ナットとボルトをゆるめるつもりはなかった。流れ込む水に浮かんで作業するのは時間がかかりすぎる。だから、爆破して切断しようと考えていた。

カブリーヨ、エディー、レイヴンは、重い抗弾ベストを脱ぎ、武器を捨てた。マクドのクロスボウさえ、残されなかった。

「マクドはぜったいにわたしを許さないわ」レイヴンがいった。

「もっといいのを買ってやるよ」カブリーヨはいった。

解毒剤を入れたダッフルバッグだけは捨てなかった。カブリーヨはそれを肩から吊るした。

〈ケンタウルス〉の船首がすでに水没しているのがわかった。三人とも斜めになった甲板に立っていたし、捨てた銃は船首のほうへ滑っていった。

カブリーヨはかがんでズボンの裾《すそ》をめくり、戦闘用義肢が現われた。セラミックのナイフや四五口径ACP弾を使用するコルト・ディフェンダーを収めた秘密の隠し場所の蓋をあけた。それらの武器はそのままにして、トランプカードひと揃い分くらいの大きさの包みを出し、蓋を閉めた。

包みにはC‐4プラスティック爆薬の塊と遠隔起爆装置がはいっている。灰色のパテのようなプラスティック爆薬は可塑《かそ》性があり、どういう形にもできる。防火扉を爆破しようとしても穴があくだけで、ひらかないかもしれないので、カブリーヨはそれを使わなかった。

防火扉の鋼板がきしみ、ゆがんで、目張りの部分から海水が勢いよくはいってきた。

外の水圧は高く、やがてそれが奔流になった。

状況がちがっていたらうろたえてしまうような速さで、水面がどんどん高くなった。だが、それでも遅すぎると思って、カブリーヨはいらだった。

とにかく三人の体は浮かび、せわしなく立ち泳ぎしているあいだに、水面が棚の上に達した。包装された食料、缶入りの炭酸飲料、ボトルドウォーターが、あちこちに浮かんでいた。

やがて照明が消え、それまで聞こえていた音が消えて静かになった。海水でショートして発電機が切れたのだ。

バッテリーを使う非常灯が点灯し、あたりが不気味な雰囲気になった。

水面が高くなる度合いが、速まっていた。C‐4を急いで仕掛けなければならない。輪付きボルトに手が届くとすぐに、そこに取り付けられているケーブルにプラスティック爆薬を押しつけ、金属を完全にくるむように潰した。最後に小さな信管を差し込んだ。

「用意はいいか」カブリーヨは、エディーとレイヴンにいった。ふたりは部屋の反対側で立ち泳ぎをしていた。

カブリーヨは、そこへ泳いでいき、カウントダウンした。

「……三……二……一」

三人は息を吸って潜り、カブリーヨは水面の上に遠隔起爆装置を持ちあげた。ボタンを押すと、大きなパーンという音が反響した。

浮上すると、切断されたケーブルが水のなかに垂れているのが見えた。

「あれが目印だ」カブリーヨはいった。

三人は泳いでいってケーブルをつかみ、浸水がつづくなかで、それを頼りに位置を把握した。〈ケンタウルス〉が船首から沈むにつれて、水面とシタデルの天井のなす角度が大きくなっていた。

天井の一メートル下まで水があがったとき、カブリーヨはキックして体を持ちあげ、ハッチのハンドルをつかんだ。まわそうとしたが、動かなかった。

ハッチはロックされていた。


ブリッジに着いたシルヴィアが暗いなかでまず見たのは、はっきりした目つきでこちらを眺めているエリックだった。シルヴィアはエリックのそばへ行き、やさしく髪を梳《す》いた。エリックがゆがんだ笑みを向けた。

エリックが舌を鳴らし、モールス符号だとシルヴィアは気づいた。

会えてよかった。

シルヴィアは笑みを浮かべたが、ガスマスクをかけているので、エリックには目しか見えないはずだった。「わたしもよ」

ヘッドセット

ガスマスクをつけたときにはずしたヘッドセットのことを、シルヴィアはすっかり忘れていた。それを取りにいく途中で、リンクのほうにかがみ、沈みかけている船からふたりを助け出すと請け合った。だが、リンクの体重はシルヴィアの倍なので、どうやってそれをやればいいのか、わからなかった。

シルヴィアは、ガスマスクの上からヘッドセットをかけて、マスク越しでも聞こえるように大きな声でいった。

「もしもし、こちらはシルヴィア。だれか聞いてる?」

数秒の間があったので、ヘッドセットが壊れているのかと思った。

「こちらマックス。あんたの声を聞いて、兄貴はすごくほっとしてるようだ。どこにいる?」

「〈ケンタウルス〉のブリッジ」エリックのほうへ戻り、甲板をちらりと見た。船の前半分が海水に覆われ、第一船艙にナイヤガラの滝を思わせる奔流が流れ落ちていた。

「そこを離れないといけない。午前零時まであと二分だ。発射をとめられるか?」

「いいえ」シルヴィアは答えた。

「ポークはどこだ?」

「麻痺してる。鍵は持ってなかったし、彼の携帯電話にもロケット弾を制御するアプリはなかった。ここに来る途中でたしかめたの」

「それじゃ、船から避難しろ」

「わたしだけでブリッジからふたりを出すのは無理よ」

「応援を行かせる」マックスがいった。

「ブリッジにはいらないようにいって。まだガスが残っているかもしれない」

シルヴィアは、エリックの腋《わき》を抱えて運んだ。瘦《や》せているわりには、思ったよりも重かった。リンクを持ちあげようとしても、びくとも動かないだろう。

エリックの体をもっとうまく抱えようとして甲板におろしたとき、マックスが応援を呼ぶのが聞こえた。

「応答しろ、ファン。応答しろ、ファン。聞いてるか?」

75

シルヴィアがエリックとリンクとともにブリッジにいるとマックスがいうのを、カブリーヨは聞いていたが、応答できなかった。海水がハッチに達し、完全に潜った状態だった。いくら力をこめても、ハッチのハンドルは動かなかった。

カブリーヨは、傾いたシタデルの天井の隅にできた小さな空気の塊のところへ泳いでいった。エディーとレイヴンが、そこで水の上に頭を出していた。

「あかないんだ」カブリーヨはいった。ダッフルバッグをおろして、エディーに渡した。「これの浮力のせいで、やろうとすることができない」

「なにをやるつもりですか?」エディーがきいた。

「ロックを爆破する」

「厚いから四五口径では貫通しないわ」レイヴンがいった。

「使うのはそれじゃない」カブリーヨはいった。「爆発音が聞こえたら、ハッチのほうに泳いできてくれ」

カブリーヨは息を吸い、水中に潜った。ハッチまで泳いでいくと、逆立ちをした。

戦闘用義肢には、もうひとつの武器があった。踵からショットガンの散弾一発を発射できる。それは極度の緊急事態のみに使う。今回はそれに相当する。

水中で逆立ちをするのは、そう簡単ではない。海水を吸い込まないように、ずっと鼻から息を吐いていなければならない。人間の体には浮力があるので、足が適切な位置から動かないようにするために、ハッチの横にある鋼鉄の梁をつかまなければならなかった。

踵が掛け金にぴったり沿うようにした。肺が悲鳴をあげていたが、これをやるチャンスは一度しかない。カブリーヨは引き金を引いた。

掛け金がバラバラになった。ハッチを押すと、すこし抵抗があったが、ぱっとあいた。

キックして体を起こし、跳び出すと、そこは上部構造の船尾寄りの甲板だとわかった。甲板の表面はすでに海水に洗われている。

ハッチのほうを見ると、エディーとレイヴンの頭がすでに出ていた。カブリーヨはダッフルバッグを受け取り、エディーとレイヴンが甲板にあがるのに手を貸した。

カブリーヨは、ダッフルバッグをレイヴンに押しつけていった。「エディーが〈ゲイター〉へ行くのを手伝ってやれ」

そして向きを変え、外側の梯子を二段ずつ駆けあがった。

階段の上まで行くと、シルヴィアが苦労してエリックをブリッジから引き出しているのが見えた。傭兵ふたりの死体が邪魔になって、よけいやりづらそうだった。

シルヴィアが、ガスマスクをはずして、カブリーヨに渡した。

「リンクがまだなかにいるの」

カブリーヨはガスマスクをかけて、〈ケンタウルス〉のデリックの上半分だけが海から突き出していることに気づいた。あと一分しかない。

「海水でショートしてロケット弾が発射されない可能性は?」カブリーヨはきいた。

「それはないと思う」

「救命胴衣を取ってきてくれ。一層下のロッカーにある」

シルヴィアが、階段を駆けおりた。

カブリーヨはブリッジにはいった。リンクが仰向けに倒れていた。

「仕事をサボって居眠りか?」カブリーヨはいった。

リンクが力強いうめき声で応じた。ジョークが気に入ったのかどうか、カブリーヨにはわからなかった。

カブリーヨは、巨体の元SEAL隊員の腋の下に手を入れて、出入口へひきずっていった。表に出ると、リンクをおろし、ガスマスクを横にほうった。

シルヴィアが、救命胴衣四人分を持って戻ってきた。まずリンクとエリックに着せてから、カブリーヨとシルヴィアが着た。

そのときには、高さ一八メートルのブリッジは、水面から一〇メートル出ているだけになっていた。

「よし」カブリーヨはシルヴィアにいった。「跳びおりろ。エリックを手助けする用意をしてくれ」

シルヴィアがうなずいた。ためらわずに手摺を越えて、眼下の海に跳び込んだ。

カブリーヨは、なんなくエリックを持ちあげた。「水泳のお時間だ。息をとめろ」

カブリーヨは、エリックを海に投げ込んだ。エリックが着水するとすぐに、シルヴィアがそばに行き、頭が水面から出ているように気を配った。

リンクの場合はそう簡単にはいかない。カブリーヨはかがんでリンクの片腕を背中にかけ、リンクの腹の下に肩をつっこんだ。それから一一〇キロの巨体をスクワットの態勢から持ちあげて立った。

カブリーヨは、手摺に背中を向けて舷側に近づいた。鋼鉄に背中が当たると、スクーバダイビングのときにボートからシッティングバック・エントリーするときの要領で、うしろむきに倒れ込んだ。

ふたりいっしょに宙を転がるように落ちて、水飛沫《しぶき》をあげ、水中に潜った。

それから三十秒もたたないうちに、二百九十六発のロケット弾が、文字どおり彼らの足の下で爆発しはじめた。


ポークはまばたきをして目をあけ、どうして体が濡れているのだろうと思った。部屋の隅で暗い照明が光っている。例の女を探していたことだけは憶えていた。調理室にはいって、傭兵の死体を見つけた。そのあとでエイプリルのことを聞かされた。それしか憶えていなかった。

聞こえるのは、調理場に殺到する水の音ばかりだった。潮気を帯びた空気が、鼻を刺激する。

そのとき、もうガスマスクをしていないことに気づいた。

ポークは立ちあがろうとしたが、脚が動かなかった。両腕もひくひく痙攣《けいれん》するだけだった。

体が麻痺している。

〝エネルウム〟にさらされたのだ。あの女のせいにちがいない。どうやったのか、出し抜かれた。何者か知らないが、憎しみがいっそうつのった。

周囲の水があっというまに深くなった。両腕をばたつかせたが、なんにもならなかった。悲鳴をあげて助けを呼ぼうとしたが、言葉にならなかった。怯えた動物の苦しげな叫びになってしまった。

ポークは哀れっぽい叫びをあげつづけたが、やがて顔を水に覆われ、それも出せなくなった。

76

カブリーヨがリンクを抱えているところに、〈ゲイター〉が近づいた。そのそばでシルヴィアが立ち泳ぎし、エリックの頭を水面から持ちあげていた。エディーとレイヴンは、すでにリンダが助けあげて、マクドとともに甲板にあがっていた。

〈ゲイター〉がそばにきて、エリック、シルヴィア、リンクを海から引き揚げた。最後に、カブリーヨはキックして甲板にあがり、チームの面々といっしょに金属のグリップを握り、リンクが海に落ちないように救命胴衣を片手でつかんでいた。

「行け、リンダ」

リンダがディーゼル機関の回転をあげ、〈ゲイター〉の艇首が浮きあがって、水面を滑るように航走しはじめた。

彼らのうしろでは、〈ケンタウルス〉の上部構造とデリックだけが見えていて、そのまわりの海面が泡立っていた。シドニー・ハーバー・ブリッジとオペラハウスが、大晦日の祝賀行事を見るために集まっている数百隻のセイルボートやプレジャーボートに囲まれて、遠くで輝いていた。

「もうすぐ午前零時だ」マクドが、風に負けないように大声でいった。「五……四……三……二……一……」

橋のアーチのすべての部分から花火が打ちあげられ、華麗な色彩がひろがった。橋の側面からは爆竹が発射され、明るく輝く光のシャワーが降り注いだ。

三〇〇メートルくらいしか離れていないところで、〈ケンタウルス〉の最後の一部が海に沈んで見えなくなった。その船の死を強調するように、まばゆい閃光が海中からほとばしった。数百発のロケット弾が、すべて同時に爆発したのだ。巨大な水柱が噴きあがり、白い泡のドームが宙に浮かんだ。それが崩れて波が湧き起こったが、小《さざ》波《なみ》となって四方にひろがり、すぐに消え失せた。

海面がふたたび穏やかになり、閃光が消えた。起きたときとおなじように、あっというまに消滅した。

リンダが、〈ゲイター〉の速力を落とし、停止させた。

「ここまでくれば安全ですよね?」リンダは叫んだ。

カブリーヨは息を吸った。頭がくらくらしたり、気が遠くなったりすることはなかった。

「みんな、気分はどうだ？」カブリーヨはきいた。

マクドを除けば、全員ずぶ濡れだった。だが、凍《こご》えてはいなかった。真夜中でも大気は温かく、心地よかった。

「足首がすごく痛いけど、あとはだいじょうぶです」エディーがいった。

「予想どおり海水がガスを中和したようですね」レイヴンがいった。

「ここへあがってきて、いっしょに見よう、リンダ」カブリーヨは呼んだ。「美しい眺めだぞ」

カブリーヨたちはまだ息を整えていて、エリックとリンクを〈ゲイター〉の艇内に運び入れる力仕事ができる状態ではなかった。そこで、レイヴンとマクドがリンクを展望塔に寄りかからせて楽な姿勢をとらせ、シルヴィアはエリックに膝枕《ひざまくら》をしてやった。エリックは体が動かないのに、かなり満足しているように見えた。

リンダがハッチから出てきて、一同を見まわした。

「あなたたち、ボロボロの寄せ集めね」リンダがいった。「みんなだいじょうぶ？」

「すこしはましなものもいる」カブリーヨはいった。「何人かは手当てが必要だ。エリックとリンクは、マーフィーを麻痺させたのとおなじガスで攻撃された」

「まあ、たいへん」リンダはいった。「明るい報せもあるんでしょうね」

カブリーヨは、レイヴンからダッフルバッグを受け取って、ジッパーをあけた。プラスティックのパックをひとつ出した。パックをあけ、ガラス瓶を一本抜いた。割れていなかった。それ以外のガラス瓶も無事だった。

「これは解毒剤だ」カブリーヨは、リンクとエリックのほうを見た。「そういう状態もじきに終わるだろう。オレゴン号に戻ったらすぐに、これをジュリアに渡す。彼女にはせっせと働いてもらおう」

花火がつづき、打ちあげるときの音や破裂音でみんなが幸せな気持ちになった。

「会長が〈ケンタウルス〉を沈めろといったときには」マクドがいった。「二度と会えないいんじゃないかって思ったんすよ。会長を海の底に沈めるなんて役目はごめんこうむりたかった」

「それが会長のプランCなんだ」エディーがいった。「敗北の顎《あぎと》から勝利をむしり取るのが」

カブリーヨはうなずいた。「帰ったらマックスに騒擾《そうじょう》取締令を読みあげられるだろうな」

「敗北の顎といえば、ポークはどうなったんですか?」

「わからない」

「わたしが知ってます」シルヴィアがいった。「船もろとも沈んだわ」

「どうやってやつから逃れたんだ？」カプリーヨはきいた。

「自分のガスを味わわせてやったの」

なぜかシルヴィアがはっとした。ポケットを探って、携帯電話を出し、ほっとして溜息をついた。

どうしてその電話がそんなに重要なのだろうと、カプリーヨは好奇心にかられた。

「電話に出られなかったのか？」

「これはポークの電話です」シルヴィアはいった。「ポークがまだ意識があるあいだに、顔認証でロックを解除しました。まだ解除されたままです」スクリーンをタップした。

「おれっちのとおなじ型だ」マクドがいった。「二メートルの深さまで防水だ」

「さっき調べたときに、ロケット弾制御のアプリがないかと思って探したの。そういうのは見つからなかったけど、ノートパッドにこれが書いてあったの」

シルヴィアは携帯電話の向きを変えて、カプリーヨにスクリーンを見せた。二行のメモがあった。

クロイソスコイン口座番号
９０３８　４７３４　２２１８　０６３５
「エイプリル・チンに麻酔弾を撃ち込んだときのことを憶えてるでしょう」シルヴィアはいった。「攻撃が成功したら暗号通貨のロックが解除されると、彼女はいってた。九億八千万ドルあると。そのときにパスワードもわたしたちに教えた」
「Ｅｎｅｒｖｕｍ１４３」カブリーヨはいった。
「問題は、口座のロックを解除するには、報道機関十社が〝攻撃〟について記事を載せないといけないことね」
〝攻撃〟という言葉を聞いて、カブリーヨは自分たちが未然に防いだべつのテロリスト事件を思い出した。それで漠然としたアイデアが浮かんだが、うまくいかないかもしれないので、希望をかきたてるのは控えた。
マクドが周囲を見て、港内を移動している船舶を探したが、〈ゲイター〉の周囲にはなにも見えなかった。船はすべて、夜空でつづいている祭日の催し物の花火を見物するために、シドニー・ハーバー・ブリッジのそばに集中していた。

「ここにずっといるのはまずいっすよ」マクドはいった。「じきにシドニー水上警察と港務局の船がこっちに来る。もうカメラに捉えられてるかもしれない」

「しばらくはだいじょうぶだと思う」カブリーヨは、肘《ひじ》をついていった。「それに、これだけ離れていれば、暗いから港のカメラでは見えない。船が見えたら、近くに来る前に潜航しよう。それまで、あと何分か、ショーを楽しもう。ほんとうにハッピーな新年になるという気がするんだ」

エピローグ

マレーシア
二カ月後

カブリーヨには、オレゴン号が長期間入渠《にゅうきょ》後にあらたな航海に乗り出すときのしきたりがあった。船のあらゆる部分に通暁《つうぎょう》するために、船内をくまなく歩き、全乗組員と親しくなる。きょうはそれに何時間かかけた。大型船だし、乗組員はみんな担当分野を自慢気に説明する。

クリスマス直前に中断した艤装《ぎそう》を完了するために、カブリーヨはオレゴン号をマレーシアへ戻した。乗組員はようやく、長いあいだとれなかった休暇をもらい、カブリーヨはオレゴン号を完全に運用可能な状態にすることができた。

その日は蒸し暑かったが、甲板を歩いて一巡するあいだ、燃える太陽に灼《や》かれるのだけは避けられた。〈マローダー〉によって受けた損害を修理するあいだ、作業員たちが陽射しや風雨を避けられるように、船全体が巨大な屋根に覆われていた。それがあれば、外部の詮索《せんさく》の目も防げる。

作業は完了した。すべてのシステムが取り付けられ、大量の弾薬（銃弾・砲弾・ロケット弾・ミサイルなどすべてを含む言葉）が積み込まれ、兵装とテクノロジーは完全に更新され、戦闘準備が整っていた。

左舷の船側梯子のそばで、カブリーヨはもうおなじみとなった顔を見つけた。

「シルヴィア」カブリーヨはいった。「出航前に会えてよかった。きみが行ってしまうのは残念だ」

「ありがとう。わたしとマーフィーのためにいろいろやっていただいて、感謝しています」

「きみはチームの貴重な一員だった。きみなしではとてもあんなふうにはできなかった。参加するよう説得できればよかったんだが」

シルヴィアが、笑みを浮かべた。「とてもありがたいお話です。この先もずっとお断りするわけではありません。でも、いまはまだお受けできません」

「アメリカに帰るんだね？」

シルヴィアはうなずいた。「回収できたお金のおかげで、わたしの研究にあと三年分の予算ができました。六カ月以内に、前にできあがっていた段階まで回復できると思います」

リュがチンとポークのために残していた口座にアクセスする手段を知ったカブリーヨは、バリでオレゴン号が家族を救った上院議員ふたりに働きかけた。オーヴァーホルトの手助けで、上院議員たちが〈ケンタウルス〉と〝エネルウム〟・ガスの情報を巧みにリークした。大晦日の行事の最中にシドニーに対するテロリスト攻撃が行なわれたが失敗に終わったことを、世界中のニュース機関が報じた。リュは抜け目なく計画を立案していたが、記事に〝失敗〟という言葉が含まれていたときに支払いを中止することは考慮していなかった。

〝攻撃〟というキーワードは、暗号通貨のロックを解除するだけではなく、攻撃が成功した場合に中国政府がオーストラリアに要員百万人を派遣するための一連の動きを起動するはずだった。しかし、攻撃が成功しなかったので、中国政府はリュの陰謀にはいっさい関わっていないと激しく否定し、オーストラリアは西側同盟諸国との結び付きをいっそう深めた。

莫大な額の暗号通貨は、シルヴィアの研究費用や、リュ、チン、ポークによって殺されたひとびとの家族への補償金に充てられたほかに、〈コーポレーション〉の退職積立勘定を増やし、オレゴン号の出費すべてをまかなうのに使われた。

「またわたしたちと会ってくれるかな？」カブリーヨはきいた。

「だめだめ。おれの意見を聞いてもらえればだけど」カブリーヨのうしろから、だれかがいった。

「あなたの意見なんか聞かない」シルヴィアが大声で応じた。

マーフィーがスケートボードに乗って近づき、キックしてボードを片手で受けとめた。例によって髪はもじゃもじゃで、ブラックジーンズにTシャツといういつもの服装に戻っていた。Tシャツはシルヴィアにもらったもので、〝世界一いい兄貴〟と描いてある。マーフィーは麻痺していた日にちが長かったので、エリックとリンクよりも快復に時間がかかったが、ドク・ハックスリーの許可がおりるとすぐにスケートボードをはじめた。

「もう行ったのかと思ってた」マーフィーがいった。「十五分前にさよならをいったのに」

「あなたに会えないと淋《さび》しくなるわ、お間抜けさん。でも、ほかにもさよならをいうひとがいるのよ」

シルヴィアが笑みを浮かべ、カブリーヨがふりむくと、ボタンダウンのシャツとチノパンという服装のエリックが、シルヴィアを見てぱっと明るい笑みを浮かべ、近づいてくるところだった。

エリックがシルヴィアをうっとりと眺めているのを見て、マーフィーがやれやれというように天を仰いだ。

「会長」エリックがいった。「出航準備はすべて整いました」

「ありがとう、ストーニー。シルヴィア、楽しかったよ。きみは遠いひとにはならないだろうと、確信している」

「なりませんよ。戻ってくる理由がいっぱいあるもの」シルヴィアは、エリックに派手なキスをした。マーフィーの度肝《どぎも》を抜くためにちがいない。たしかにその効果はあった。

「ふん、むかむかしてきた」マーフィーが、スケートボードを下に投げ出していった。

「ゲロを吐いてから、オプ・センターで会おう」精いっぱいの速さで滑って離れていった。

カブリーヨの携帯電話が鳴った。マックスからだった。

「どうした？」

「出発する前に、会議室に来てもらわなきゃならない」

「いま行く」カブリーヨは電話を切った。「それじゃこれで。ストーニー、適当なところで切りあげるんだぞ」カブリーヨがウィンクすると、エリックが真っ赤になった。カブリーヨが離れていったときも、エリックはシルヴィアを両腕で抱いていた。

　カブリーヨが上部構造にはいると、階段の下から爆笑が響いてきた。おりていく途中で、カブリーヨはエディー、リンク、レイヴン、マクドとすれちがった。エディーとリンクが、大きなクーラーボックスをふたりで運んでいた。

「カアカア鳴いているカラスたち、どこへ行くんだ?」

「ブリッジです」エディーが答えた。「きょうはわたしたちが幽霊乗組員《ゴースト・クルー》なので」

　オレゴン号はオプ・センターから操船されているので、港を出るときにブリッジにだれかがいる必要はないのだが、ブリッジが無人だと、港でだれかが見ていた場合に怪しまれるおそれがある。そこで、見せかけ《ゴースト》の乗組員が詰めることになっていた。

「ブリッジにいるあいだ、爽《さわ》やかな飲み物でも飲もうと思って」リンクがいった。

「レイヴンが、フォート・ブラッグの基地の外でバーにいったときの話をしてたんですよ」マクドがいった。「きみがどこからともなくパンチをくりだして男どもを殴《なぐ》ったとき、そいつらがどんな顔をしたか、その場で見たかったたな」

「きっと女性の憲兵に会ったことがなかったのよ」レイヴンがいった。「そのあと、そいつらは二度と騒ぎを起こさなかった」

それでまた爆笑が沸き起こり、カブリーヨは手をふって四人を行かせた。階段をおりて、オレゴン号の秘密の区画へはいっていった。

カブリーヨは、携帯電話のスクリーンに目を凝らして角を曲がってきたジュリアとぶつかりそうになった。

「あら、失礼」ジュリアがびっくりしていった。

「いいんだ」カブリーヨはいった。「夢中で読んでいたのはなにかな?」

「ダーウィン国立病院のレナード・サーマンからのメール。〝エネルルウム〟のために苦しんでいた患者がすべて完全に快復したそうよ」

「それはよかった」

「それに、実から抽出《ちゅうしゅつ》した成分が、べつの医療目的にも使えそうだというの。もう研究がはじまっている」

「マーフィーたちがつらい目に遭ったことも、かなり役に立ったわけだな」

「それから、きょうはもう患者をよこさないでくれる?」

カブリーヨは、ジュリアに笑みを向けた。「これから港を離れる。でも、約束はできない」

ジュリアがうれしそうな顔をカブリーヨに向け、メールをまた読みつづけた。カブリーヨがさらに歩いていくと、マックスが会議室の戸口で待っていた。一枚のカードをマックスがカブリーヨに渡した。

「ラングストン・オーヴァーホルトの計らいで届いた」マックスがいった。

赤い蟹の写真の絵葉書だった。カブリーヨは裏返した。オーストラリア、クリスマス島とキャプションが書いてあった。国防総省気付けファン・カブリーヨ艦長宛てになっていた。

親愛なるファン

メールを使うのは嫌いだし、あんたが海軍にいたことを思い出したので、海軍がそのうちあんたに届けてくれるだろうと思った。レニとおれがまた仲良くなって幸せだということだけ報せたかった。あんたがなにをやってるか知らないが、いまのおれほど最高の気分ではないだろうね。おれの命を救い、新しい暮らしをはじめるきっかけをくれてありがとう。

達者でな。

ボブ・パーソンズ

「あんた、自分が海軍にいなかったってことをあいつに教えなかったのか?」マックスがいった。

「CIA工作員だったと打ち明けて、せっかく仲良くなったのをぶち壊しても無意味だ」カブリーヨはいった。「このために呼びつけたのか?」

「ちがう。こっちだ」

マックスは、カブリーヨを会議室に招き入れた。オレゴン号の斃《たお》れた乗組員の栄誉を称《たた》える表彰楯の横で、なにかに黒い絹の布がかけてあった。

「飾りつけをやっていたのか?」カブリーヨはきいた。

「あんたを驚かせようと思ってな」マックスが布をさっと引き剝がすと、光り輝く黄金の鷲が現われた。翼をひろげた鷲は、ローマの軍船バイリームからカブリーヨたちが回収したものとおなじ意匠だった。

「あんたがこしらえたのか?」

「いや、イタリア政府が感謝のしるしに送ってきた。もちろん金はメッキだ。ほんものとおなじ純金のものをくれるわけがない」

黄金の鷲が祖国を離れてから二千年たっていたが、ローマに返還すべきだとカブリーヨは判断した。〈サラシア〉の残骸を最初に発見した考古学者たちの功績を明記して博物館に陳列するという条件で返還するよう、カブリーヨは手配りした。〈サラシア〉はいま大規模な発掘現場になっていて、古代ローマの文化について、これまで知られていなかった事柄が明らかになりはじめている。

「これをオレゴン号の新しい旗印にしたいとおれは思った」マックスがいった。「だが、もちろん旗竿《はたざお》から翻《ひるがえ》すわけにはいかない」

「ここにあるのがいちばんいい」カブリーヨはいった。オレゴン号の乗組員——ことに、その横の表彰楯に氏名が刻まれているジェリー・プラスキーとマイク・トロノのように、任務に身を捧げて命を落とした乗組員——の勇敢な行為を象徴していると思った。

「さて、出帆《しゅっぱん》しようか？」

「いつそういうのかと思ってた」マックスがいい、改良されたおもちゃを航走させるのがうれしくて、文字どおり手をこすり合わせた。

ふたりがオプ・センターにはいると、シャンパンのフルートグラスをトレイに載せたモーリスが出迎えた。

「前回はきちんと送り出すことができなかったので、この航海で祝杯をあげるのが至当かと存じまして」モーリスがいた。「ドン・ペリニョンでございます。わたくしたちの前の船の初航海にちなんだ年のものを選びました」

　モーリスが、グラス一客をカブリーヨに渡した。

「ありがとう、モーリス」カブリーヨはいった。「ほんとうによく気がつくね」

　マックスもフルートグラスを受け取り、機関長席へ行った。モーリスが、レーダー／ソナー・ステーションのリンダ、通信長席のハリ、砲雷《ほうらい》長席のマーフィーにもシャンパンを渡した。いないのはひとりだけだった。

　エリックがオプ・センターに走り込んできて、最後のシャンパンを受け取った。

　モーリスが咳払いをして、真っ白なナプキンをエリックに渡した。エリックがきょとんとした顔でそれを見たので、モーリスはくすりと笑っていった。「顔に口紅がついていますよ、色男さん」

　エリックがまた真っ赤になって、動かぬ証拠の口紅を拭きとった。モーリスが、ナプキンを受け取るためにトレイを差し出した。

「つつがない航海《ボン・ヴォヤージュ》を、艦長」モーリスがいい、洗練された優雅な物腰で出ていった。

　カブリーヨはメイン・スクリーンの前に立ち、乾杯に全員が参加できるように、ブリッジのエディー、リンク、レイヴン、マクド、医務室のジュリアとそのスタッフ、その他の乗組員と動画チャットを設定するようハリに指示した。

「船はその乗組員の優秀さを超えられないといわれている」カブリーヨはいった。「まったく同感だ。オレゴン号が過去も現在も未来も、この世でもっともすばらしい船であることを誇りに思う」

カブリーヨがグラスを高く掲げると、全員がそれに倣《なら》った。

「順風と追い波に乾杯」カブリーヨはいった。

乗組員たちが賛同の叫びをあげた。「ヒヤ、ヒヤ！」そして飲み干した。

ハリが、ブリッジの外部カメラに画像を切り換え、ブリッジの乗組員が腰をおろした。

「本船の現況は？」建設用屋根の出口をメイン・スクリーンで見ながら、カブリーヨはきいた。

「兵装は格納、固定」マーフィーがいった。

「機関は正常に運転、指示を待つ」マックスがいった。

「港務局は出港を許可」ハリがいった。

「航行中の小型船が航路をあけた」リンダがいった。「港を出る航路に支障なし」

「舫《もや》いは解きました」エリックがいった。「船出準備完了」

カブリーヨは指揮官席に腰をおろした。そこにいるのが、いちばんくつろげる。前方の光が、オレゴン号を手招きしているように見えた。

「ドックから出してくれ、ミスター・ストーン」カブリーヨはいった。「オレゴン号の実力を見極めるときが来た」

訳者あとがき

オレゴン号シリーズの最新作、『亡国の戦闘艦〈マローダー〉を撃破せよ！』をお届けする。前作でオレゴン号は悪の分身船ポートランド号と対決し、悲運に見舞われる。本書では兵装を強化した二代目オレゴン号が、正体不明の邪悪な敵を相手に、これまで以上に奮闘する。

今回の敵、民間の船に偽装した三胴船《トリマラン》型の戦闘艦〈マローダー〉には、プラズマ・キャノンという未来的な兵器がある。オレゴン号は、まだ艤装が完全ではなく、兵装のバグも残っていたが、はからずもこの戦闘艦と戦わなければならなくなった。

トリマラン型の軍艦は、アメリカ海軍にすでに採用され、インデペンデンス級沿岸域戦闘艦として十隻以上が就航している。安定性が高まり、推進効率が向上し、甲板面積を大きくとれるなどの利点があるという。飛行甲板が広いので、ヘリコプター二機、無人機を搭載できる。ちなみにこのクラスの最大速力は五〇ノットに達する。

マレーシアで入渠していたオレゴン号は、マラッカ海峡でタンカーが海賊に襲撃されるという情報を受けて緊急出動した。それに対処したあと、オレゴン号船長のファン・カブリーヨは、プラズマ・シールド実験のために他船に赴いていたマーク・マーフィーの衛星携帯電話からの着信を受ける。だが、発信者はマーフィーではなく、実験に携わっていたマーフィーの異父妹シルヴィア・チャァンだった。

シルヴィアによれば、彼女が乗っていた船は接近してきたトリマランのプラズマ・キャノンらしき兵器のために破壊され、実験に立ち会っていたオーストラリアの船では乗組員全員が、ガスかなにかを浴びて、身体麻痺状態になっているという。

シルヴィアは海に落ちて残骸につかまっていたときに、謎のトリマランとオーストラリア人らしき男女を目撃していた。シルヴィアとマーフィーをダーウィンの病院からオレゴン号へ運んだカブリーヨは、その情報をもとに敵の身許を調べあげた。

男はアンガス・ポークという元特殊部隊兵士、女はエイプリル・チンという中国系の元オーストラリア海軍将校で、ふたりは夫婦だった。いずれも情報関連の犯罪によって服役し、一年ほど前に出所していた。だが、彼らのほんとうの目的はわからないし、資金源も不明だった。

また、シルヴィアが見たトリマランの貨物のロゴから、オレゴン号の乗組員はオーストラリアの北部準州ヌランベイにあるアロイ・ボーキサイトという会社を突き止めた。どうやらその会社が今回の事件の鍵を握っているようだった。

ポークとエイプリルのターゲットはなにか？　身体麻痺を起こすガスの成分はなにか？　オレゴン号とその乗組員は、大きな危険を冒しながら、謎をひとつひとつ解いてゆく。

オレゴン号シリーズのひとつの特徴は、ストーリーに考古学的発見がからんでいることだが、今回もガスとその解毒剤の成分の秘密に、古代ローマ時代の遺跡がかかわっている。未来的な兵器やテクノロジーと、遠い過去の遺物や記録のあいだには、無数の人間の営為がある。そして、いみじくもカブリーヨが断言したように、「船はその乗組員の優秀さを超えられない」――オレゴン号の新兵器・装備の説明は本文に任せるとして、この船のすばらしい活躍は、乗組員のすばらしい働きに支えられている。

最後にもうひとつ、マーフィーの親友エリックと、マーフィーの異父妹シルヴィアの恋ともいえない恋の行方も気になる。シルヴィアは研究をつづけるためにオレゴン号を去るが、きっとまた登場するにちがいない。楽しみがひとつ増えた。

二〇二一年四月

◉訳者紹介　伏見威蕃（ふしみ いわん）
翻訳家。早稲田大学商学部卒。訳書に、カッスラー『悪の分身船(ドッペルゲンガー)を撃て！』、クランシー『復讐の大地』(以上、扶桑社ミステリー)、グリーニー『暗殺者の悔恨』(早川書房)、ウッドワード『RAGE 怒り』(日本経済新聞出版)他。

亡国の戦闘艦〈マローダー〉を撃破せよ！（下）

発行日　2021年5月10日　初版第1刷発行

著　者　クライブ・カッスラー＆ボイド・モリソン
訳　者　伏見威蕃

発行者　久保田榮一
発行所　株式会社 扶桑社
〒105-8070
東京都港区芝浦1-1-1　浜松町ビルディング
電話　03-6368-8870(編集)
　　　03-6368-8891(郵便室)
www.fusosha.co.jp

印刷・製本　図書印刷株式会社

ISBN 978-4-594-08781-4　C0197